아름다운 향기만 남을 때까지

맑은소리 맑은나라

현원玄元 스님

부산 출생
표충사에서 득도
1976 - 1979 표충사 수행제자
1979 - 1981 통도사 강원
1982 - 1987 13안거 성만선원
1987 - 1995 8년간 토굴수행
2000 - 2011 분당 연화사 주지
현 대전 봉국사 주지

사진 ⓒ 묘광

김은주 일러스트레이터

부산경성대학교 미술과 수석입학
중국 북경사회과학대학 어학연수
중국 항주 미술대학산수화과 진수과 졸업
중국천진미술대학 산수화과 대학원 수료
부산교육청 한국화부분 특선
창원대 한국화부분 우수
삼성문화재단주최 한국화부분 가작
〈멘토아트리에〉 미술임용실기책 출판
〈지장경〉 표지그림 3점
한국화 〈바보와천재〉 그룹전 다수
항주유학생 전시회 참여

내 생까지 이어 갈
수행이어라

벌써 오래 전의 이야기가 되었습니다. 책을 처음 발간하던 시점
에서도 출가한 때를 기억해내며 나를 돌아다 봤는데, 세월 지나
그야말로 시절 인연 찾아와 다시 재판을 하게 되니 부끄러움과
함께 출가사문으로서의 내 지나온 시간들에 고개가 숙여지며
민망한다는 말로밖에 달리 표현이 힘듭니다.

산사에 깃들어 살아가는 수좌로도 한참을 참구하며 살았고, 서
울의 도심에서, 신도시의 중심에서 포교당을 일구며 살던 기억
은 그것이 어디에서였건 실로 '나' 를 찾아가는 시간이었다는
것은 숨길 수 없는 사실입니다.
이 깊어가는 가을의 길목에서 나는 대전 도심의 한 포교도량을
지키며 나의 도량을 일구는 일로 내 탁마의 시간을 공들이고 있
습니다.

때 되면 기도하고, 염불하며 불자들을 제접하는 것으로 만족하며 포교당의 주지로 살아가는 나에게 사질이신 각현스님은 불현 듯 오래전의 내 책을 찾아내어 재출간의 기회를 마련해 주고 싶다는 말씀을 주셨습니다. 잊고 살았던 기억의 습작이 스님의 인연으로 새롭게 편집되어 세간에 다시 모습을 드러내게 된 것입니다.

꾸짖음으로 경책을 주시던 어른 스님들께 머리 숙여 감사의 예를 갖추며 건강이 좋지 않으심에도 커다란 마음으로 출간을 준비해 주신 각현스님과 각광, 각성스님 등 여러 인연들에게 초심의 마음부터 내생까지 가져 갈 감사의 마음을 드리고 싶습니다.

위없는 수행으로 감사의 마음, 올올이 지어 올립니다.

2013년 12월 1일 늦가을, 현원

한 권의 단행본을 세상에 내놓는 일 역시, 출산의 산고와 다르지 않았습니다. 같은 의미를 전달함에 있어서도 시대상황과 부합되는 언어를 도출해 내야하며 보기 좋은 편집도 출판에 있어서는 단연 앞서가야 하는 필수 항목 중 하나입니다.

불교 집안의 정서를 따뜻하게 차근하게 풀어나간 이 책은 그 흔한 ‘펙트’를 겸비하지도 않았습니다. 단지, 누구라도 마음 한 자락 꺼내 놓고 격 없이 정겨운 덕담을 나누듯 향긋했고, 누구라도 어려운 불교가 아니라는 사실을 떨어지는 낙수를 보며, 뽀얗게 내린 눈을 보며 포근하게 그려내고 있었습니다.
그러기에 책은 더 따뜻함을 추구했고, 그 향기의 글에 맞는 불교미술이 입혀져야 했습니다.

출판인으로 짧지 않은 시간을 지내 온 나에게도 지중한 인연들
있어 '시절' 이라 부르며 맑은 작품들을 원 없이 옮겨 실을 수
있게 되었습니다.

원문을 따뜻하게 풀어내신 현원스님의 숨겨진 모습을 보았고,
글을 다듬어 준 조민기 작가와 햇살처럼 따스한 그림으로 점안
點眼이 되게 해 준 김은주 아우에게 깊고 가득한 마음의 언어를
건넵니다. 또한 편집디자인에 공을 들인 김지영 실장의 노고를
치하합니다.

무엇보다 육신의 덧없음을 아름다운 책의 출간으로 대신하고
싶다며 출판을 제안하신 각현스님께 갚아도 다 갚지 못할 감사
의 인사를 드립니다.

2013년, 11월 아름다운 향기를 담아내며

맑은소리맑은나라 대표 김윤희

아름다운 향기만 남을 때까지

내마음에
내리는
비, 法雨

우리는 행복해야 할 의무가 있습니다.
하지만 행복이 말처럼 쉽게 얻어지는 것은 아닙니다.
쉼 없이 꾸준하게 자기에게 주어진 일을 하는 사람은 행복을 성취할 수
있습니다. 또한 자신이 하고 싶은 일을 할 수 있는 사람은 행복합니다.

내마음에
씨앗하나

행복은 마음에서 비롯된 새싹처럼 돌보는 주인에 따라 달라지는 것입니다.
씨앗을 보듬는 마음으로 마음을 돌보는 것이 행복을 찾는 바른 방법입니다.

내마음에
내리는
비, 法雨

우리는 행복해야 할 의무가 있습니다.
하지만 행복이 말처럼 쉽게 얻어지는 것은 아닙니다.
쉼 없이 꾸준하게 자기에게 주어진 일을 하는 사람은 행복을 성취할 수 있습니다.
또한 자신이 하고 싶은 일을 할 수 있는 사람은 행복합니다.

12살 그리고 인생무상 / 배불리 먹지 말라던 나물밥에 담긴 가르침
바람 없는 밤에 쌓여가는 눈송이처럼 / 네온 사인 속 해맑은 웃음소리
산 깊은 곳에 토굴 한 칸 지어놓고 / 새해 첫날의 기름진 복 밭
도시에 내리는 봄비 속의 마징가

12살
그리고 인생무상

아주 오래전 몹시도 추웠던 겨울, 아직 아이 티도 벗지 못한 12살 어린 나이로 나는 출가를 했습니다. 스님들은 이제 고작 초등학교 5학년에 불과한 어린 아이가 수계를 받는 것을 반대했지만 은사스님께서는 라후라 Rahulla 도 어린 나이로 출가했다며 나를 출가제자로 받아들였습니다. 라후라가 누구인지 알지 못했던 나는 다른 스님들의 반대를 무릅쓰며 출가를 허락해주신 은사스님이 산처럼 크고 멋있게 보였습니다.

하지만 돌이켜보면 은사님의 비유는 참으로 의미심장했습니다. 라후라는 성인이 되기 전 출가하여 사미계 沙彌戒 를 받은 최초의 인물로 출가 당시의 나이는 8살이라하기도 하고 12살이었다하기도 합니다. 출가하기 전까지 아버지의 얼굴도 몰랐던 그는 사실 부처님의 친 아들이었습니다.

라후라가 태어난 날 밤 부처님은 궁을 떠나 출가의 길을 걸었습니다. 라후라는 6년 동안의 고행 끝에 마침내 깨달음을 얻으신 부처님이 고국에 돌아오셨을 때 얼굴도 모른 채 그리워하던 아버지를 처음으로 만나게 됩니다. 그리고 바로 그 해 라후라는 출가하여 부처님의 제자가 되었습니다.

비록 사미계를 받고 스님이 되긴 했지만 어린 소년에 불과했던 라후라는 종종 장난기가 발동하여 부처님을 뵙고자 찾아온 사람들에게 재미삼아 엉터리 정보를 말해주곤 했습니다. 하지만 결국 라후라의 장난은 부처님께 들켜버립니다. 어느 날 라후라를 부른 부처님은 그의 버릇을 고치기 위해 "발 씻은 물을 마실 수 있느냐"는 꾸지람 섞인 질문을 던졌습니다.

부처님의 질문을 들은 라후라는 자신의 잘못을 깨닫고 큰 부끄러움을 느꼈습니다.

그때는 미처 알지 못했지만 훗날 라후라에 대하여 알게 된 후, 나는 엉터리 거짓말로 장난을 쳤던 그의 마음을 이해할 수 있었습니다. 나 역시 출가한 이후 하루하루가 너무나 힘들어 날마다 집으로 도망가고 싶은 마음과 싸우곤 했습니다.

한창 뛰놀 나이의 어린 아이가 어른 스님들과 똑같이 수행하며 공부해야 한다는 것은 정말이지 너무나 어려운 일입니다. 장난을 치며 마음을 달랬던 라후라와 달리 나는 누군지도 모르는 막연한 사람들을 원망하고 또 원망하곤 했습니다.

수행에만 모든 초점을 맞추며 살아가는 스님들은 인생무상을 뼈저리게 느끼고 절에 몸을 의탁한 사람들이었습니다. 반면 아무것도 모르는 어린 나이에 출가한 나로서는 하루하루가 고행 그 자체였습니다. 집으로 도망가고픈 마음이 얼마나 많이 일어났는지…. 어찌 되었든 나는 아직도 절에서 도망치지 못하고 부처님의 제자로 남아 있습니다.

절에서 공부하면서 많은 부분을 깨닫고 있지만 진정으로 마음속 깊이 담아둘 것은 무상無常입니다. 현실을 바로 바라보면서부터 시작된 우주의 이치는 모두 덧없음을 근본으로 하고 있습니다. 부처도 생로병사를 바로 바라보았기 때문에 출가를 했고 각고覺苦의 고행 끝에 큰 깨달음을 얻을 수 있었습니다.

각고覺苦를 단순한 노력이라고 생각하면 안 됩니다. 각고覺苦는 목숨을 버릴 각오로 고행함을 의미합니다. 수행이란 '이 목숨은 무상한 것이다. 그러기에 목숨을 걸고 공부해야 진리를 얻을 수 있다' 라는 신념으로 정진하는 것입니다.

그래서 인생무상이야말로 불교 공부의 가장 큰 근본이지요.

세상 사람들은 자기가 직접 체험한 삶 이외는 잘 모릅니다. 전해들은 이야기는 당사자가 아니고는 그 고통의 무게를 느끼지 못합니다. 모두들 자기가 겪은 경험을 잣대로 그 고통을 상상하기 때문입니다. 그러므로 내가 다른 사람들의 고통을 이해한다는 것은 어쩌면 허상일지도 모릅니다.

어려서 출가한 저는 인생무상이라는 단어를 알지도 못했습니다. 그러나 인생무상을 핑계로 한 허무주의가 얼마나 위험한지는 잘 알고 있습니다. 인생에는 길도 많고 가는 방법도 많으니 인생무상의 길을 택할 필요는 없습니다. 그렇다면 우리는 어떻게 살아야 할까요?

우리는 목표를 가져야 하고 그것을 위해 노력해야 합니다. 부처님께 꾸지람을 듣고 크게 반성한 라후라는 그날 이후 남의 눈에 띄지 않게 스스로 행할 바를 실천하며 열심히 수행을 하였습니다. 그리하여 수천 명의 출가제자 중 손꼽히는 10대 제자가 되었고 밀행제일密行第一이라는 칭호를 받으며 이름을 남겼습니다. 어떤 목표를 가졌든 수행의 마음으로 노력해야 이룰 수 있습니다.

목표를 향해 가는 마음이 바로 수행의 자세입니다.

그 목표가 타인을 이롭게 하고 자신을 완성시키는 선한 목표여야 함은 물론입니다. 나와 같은 불제자의 목표는 성불에 있습니다. 절 사람인 내가 성불을 목표로 수행하듯이 세상 사람들은 자기완성의 선한 목표를 향해 맑은 마음으로 나아가야 할 것입니다.

'불상이 없다니…?'

어린시절 통도사에 가본 적이 없는 나는 불상이 없는 절이라는 사형들의 말을 듣고 뭐 그런 곳이 다 있나 싶었습니다. 출가한 지 얼마 되지 않은 때라 호기심은 더했습니다. 그런 호기심도 있었지만 큰절에서 공부하고 싶었던 나는 기회가 되자 통도사 에 들어갔습니다. 그때 나이 열여섯이었습니다. 걸망 하나 메고 보행로를 따라 솔밭 사이로 통도사를 향해 걸어가는 길에 시원 한 솔바람이 불어오는데 그 맛이 일품이었습니다.

내가 출가한 표충사 일주문 밖은 온통 꿀밤나무로 하늘을 가리 는데, 통도사는 바람에 묻어오는 소나무 향기가 가득했습니다. 참으로 마음 가볍게 하는 냄새였습니다.

그렇게 활기찬 마음으로 통도사에 도착했습니다.

그런데 불상이 없다는 말과는 달리 통도사엔 부처님의 정골사리頂骨舍利가 모셔져 있었습니다. 지금 생각해보니 사형들의 말 뜻은 부처가 없다는 것이 아니라 사람이 만든 불상이 없다는 뜻이었습니다. 진짜 부처가 있으니 불상이 필요 없는 것이지요. 부처님의 정골사리가 모셔진 그곳에서 나는 기도정진을 많이 했습니다. 무엇을 구하려고 했던 것이 아니라 하루빨리 성불하리란 일념으로 차가운 바닥에서 무릎이 어는 지도 모르고 기도했습니다.

그 시절 나는 큰스님들을 모시고 살았는데 참 고생도 많았습니다. 배부르게 먹으면 잠이 많아진다며 절대로 배를 채우지 말라는 노스님들의 엄명에 나물밥조차 배부르게 먹지 못했습니다. 그러나 그 시절의 나는 참으로 행복했습니다. 지금은 그때처럼 배고프지도, 힘겹지도 않지만 사형들과 함께 나누어 먹던 그 나물밥이 오히려 그립기만 합니다. 왜 그럴까요? 아마도 가질수록 더 욕심이 많아지는 우리네 못된 마음 때문일 것입니다.

그 시절 나물밥조차 배불리 먹지 말라던 노스님들의 명령은 욕심을 버리라는 속 깊은 의미였는지도 모릅니다. 단순히 먹을 것이 없어서 적게 먹으라는 것보다는 내 것을 챙기려는 인간의 본성을 버리라는 가르침이었습니다. 세상은 모두에게 풍성하지 않습니다. 주위를 둘러보면 힘든 분들이 많습니다. 그 중에는 음식이 풍성하지 못하여 힘든 이도 있고, 마음이 초라한 이도 있습니다. 옛날도 그랬지만 지금은 지금대로 또 힘든 나날들입니다. 우리의 인생은 늘 그렇습니다. 그러니 없는 가운데서도 넉넉한 마음을 가져야 합니다. 모든 힘든 마음은 베풀 줄 모르는 욕심에서 비롯된 것이니 조금 더 가진다고 힘든 마음이 없어지겠습니까?

'나누는 마음으로 공덕을 쌓는다면 하루하루가 즐거운 생활 일 것이다.' 30여 년 전 노스님들의 그 말씀이 어려웠던 고비들을 잘 참아 넘기게 해주었습니다. 나의 경험처럼 세상에는 아직도 힘겨워하는 사람들이 많기 때문입니다. 한창 때인 열여섯의 제자에게 나물밥조차 적게 먹으라던 노스님들의 말씀이 수행의 어려운 고비들에 대한 가르침이라는 것을 이제야 깨닫습니다. 나물밥으로 겨우 허기를 달랬던 그 시절이 더욱 그리워지는 저녁입니다.

눈이 내리고 있습니다. 대지를 하얗게 덮은 모습이 참으로 아름답습니다. 지금 도시에 살고 있는 나는 시끄러운 차 소리로 잠이 깨지만 눈 덮인 산속에 살았을 적에는 나뭇가지 부러지는 소리와 놀라 퍼덕이는 꿩 울음소리로 잠이 깨곤 했습니다.

눈의 무게로 부러지는 나뭇가지의 그 청아한 울음소리를 들으며 문을 열면 하얀 세상이 나를 기다리고 있었습니다. 그 광경에 내 마음은 온통 맑아지곤 했습니다.

조용히 내리는 눈을 바라보고 있노라면 나조차도 자연의 한 부분으로 동화되곤 했습니다. 그렇게 작은 입자들이 쌓이고 쌓여 그토록 아름다운 모습을 연출하는 것을 보며 신비한 이치를 깨달았습니다. 우리들의 선행善行도 작지만 차곡차곡 쌓인다면 세상을 변하게 할 수 있다는 깨달음이었습니다.

입으로만 하는 선善은 바람에 날리는 눈과 같습니다. 이리 날리고 저리 날리다 보니 쌓이지도 못할 뿐 아니라 쌓여도 어느 구석진 곳에 조금 모여 있을 뿐입니다. 그런 행동은 그동안 많은 사람들을 추위에 떨게 합니다. 바람에 날리는 눈은 결국 쌓이지 못하니 바람만 차가울 뿐입니다. 반면 어두운 밤, 아무도 모르게 내리는 눈은 잠에서 깨어났을 때 모두를 감탄시키고 감동케 합니다. 이런 이치와 마찬가지로 모든 종교에서는 선을 베풀 때 아무도 모르게 행하라고 가르칩니다.

선을 행할 때는 무엇을 행하는지조차 생각하지 말아야 한다는 것입니다.

그러나 세상에는 자기 잘난 맛에 사는 사람들이 더욱 많아졌습니다. 행동은 뒷전이고 말만 앞세우는 자들이 세상을 온통 어지럽히고 있습니다. 생각조차 없는 행동들은 우리를 가슴 아프게 합니다. 이제 말로만 행하는 허물을 벗어버려야 합니다.

바람 없는 밤의 눈송이처럼 작지만 마침내는 세상을 변화시키는 그런 선행들을 쌓아야 합니다. 그러면 착한 행복이 자연히 세상을 가득 채울 것입니다.

복이 있어야 덕이 생기고 덕이 있어야 지혜도 생깁니다.

복, 덕, 지혜가 모여야 온전한 행복을 얻을 수 있습니다.

그 첫걸음은 소외되고 고통 받는 이웃을 따뜻한 마음으로 감싸 안는 일입니다. 그러한 마음을 지닐 때 행복을 향한 발걸음은 더욱 당당해집니다. 바람 한 점 없는 날 내리는 눈을 바라보며 모든 사람들에게 항상 선을 향한 마음이 가득하길 바랍니다.

그리고 올해 역시 많은 행복의 눈이 내리기를 소망합니다. 찾아 올 사람 하나 없는 산사山寺에서도 눈만 내리면 마냥 누군가가 기다려지곤 했습니다.

오늘밤도 바람 한 점 없기를 기대해봅니다.

네온사인 속
해맑은 웃음소리

요즈음 거리는 갈수록 휘황찬란합니다. 경제 한파로 겨울이 더욱 추워졌다는 뉴스와는 정반대의 모습입니다. 모두가 얼어붙어 있는 상황과는 반대로 열기 넘치는 향락주의 간판만이 판을 칩니다. 간판 하나만 걸어놓아도 사람들이 알아서 찾아오던 시대는 이제 옛말이 되었습니다.

사람들의 눈을 자극하는 휘황한 불빛이 없으면 아무것도 할 수 없는 세상이 되었습니다. 사람들의 감각은 점점 무디어져 가고 장사하는 사람들은 그 눈길을 붙잡아야 하니 마치 손님들과의 한판 전쟁을 하고 있는 듯합니다.

예전, 은사스님이 늦은 밤 돌아오실 적엔 손전등 하나 없어 관솔(송진이 엉긴 소나무의 가지나 옹이로 촛불이나 등불 대신으로 썼다)에 불 붙여 나가곤 했습니다. 매섭게 불어오던 칼바람에 불이 꺼질까 조심스레 걷던 기억이 새롭습니다.

지금은 절 앞마당까지 차가 올라오니 그런 기다림은 없어졌습니다. 그렇다고 옛날로 다시 돌아가고픈 생각은 없습니다.

가끔 그런 그리움이 생기는 까닭은 무섭지만 부드러웠던 스님의 모습, 어두웠지만 범죄가 없었던 그 시절에 대한 향수 때문이 아닐까 합니다. 풍족하지는 않았지만 나누어 쓰고, 넉넉하지는 않았지만 아쉬운 대로 만족했던 옛날이 생각나는 것은 지금의 세태에 대한 안타까움 때문입니다.

거리가 밝아진 만큼 사람들의 마음도 밝아져 신명나는 세상이 아니라 먹고 마시는 일에만 몰두하고 있으니 큰 걱정입니다.

샴페인을 너무 일찍 터뜨린 것이 아닌가 하던 우려가 지금에서야 마음에 와 닿습니다. 거리의 불빛들은 취해서 휘청거립니다. 망년회다, 신년회다 하는 것 때문에 취한 사람들의 고함소리가 밤늦게까지 들려옵니다. 그러니 어둠만 오면 사람들은 문 앞에 나가기조차 꺼립니다. 어두운 밤 마실 갈 때의 정겨움은 휘황찬란한 네온사인에 다 빼앗겨 버리고, 밝지만 삭막한 아파트 거리엔 쓸쓸함만 가득합니다.

아이들이 술래잡기하며 저녁 늦도록 뛰놀 수 있는 세상이 다시 돌아왔으면 좋겠습니다.

밝아진 거리만큼 맑은 웃음소리가 싱싱하게 태어나는 세상이
돌아왔으면 좋겠습니다.

마음 놓고 세상 사람들과 어깨동무하며 살 수 있는 때가 돌아왔
으면 정녕 좋겠습니다.

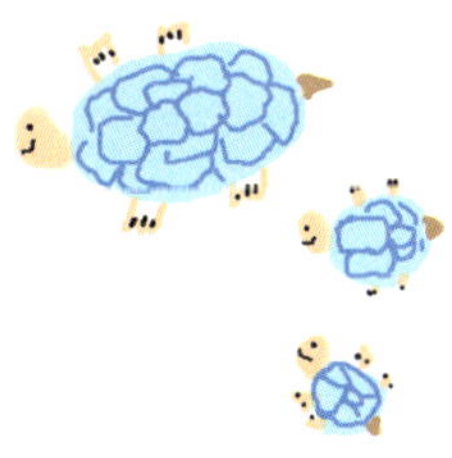

군불 지피는 곳에서 잃어버린 옛날을 소중하게 생각하며 하룻밤을 지내는 일이 우리가 꿈에서 그려보는 휴가입니다. 모든 사람은 그런 본능을 하나씩 간직하고 있을 것입니다. 도시 사람이라면 누구든지 고향으로 돌아가 흙과 같이 삶을 마무리하고 싶은 바람을 가지고 있습니다. 한적하고 고요한 곳에서 편안하고 안락한 인생을 즐기면서 지나온 날의 추억을 먹으며 살고 싶어서입니다.

하지만 현재의 편안한 문명 속에서 살아온 이들이 과거의 시간에서 과연 얼마나 견딜 수 있을까요? 가스레인지에 익숙한 손들이 어떻게 나무를 하며, 외제 향수를 바르던 이들이 어떻게 매운 연기를 견디겠습니까?

흘러간 시간은 다시 돌아올 수 없음을 누구나 알고 있습니다.

그래도 옛날이 그리운 것은 배고프고 힘겨웠던 시절에는 먹거리에만 신경 쓰면 되었지만 지금의 우리는 무한경쟁에서 오는 스트레스로 신음하고 있기 때문입니다.

기성세대들의 목표가 오로지 '물질적인 소유' 단 한 가지였던 적이 있습니다. 그것이 성공과 성취의 전부였던 것입니다. 그러나 소원하던 것을 얻은 지금, 물질적으로는 풍요로워졌지만 남은 것은 허무감뿐입니다. 그 무상함을 치유할 수 있는 단 하나의 길은 과거로의 회향입니다. 육체적인 힘겨움보다 정신적으로 받는 압박감이 더 무겁고 두려운 것을 알고 있기에 조용한 곳에서 흙을 밟으며 살고자 합니다. 하지만 어떻게 옛날로 돌아갈 수 있겠습니까?

조용한 곳으로 귀향하는 것은 패배의 낙오가 아니라 자기 자신을 찾으려는 처절한 몸부림입니다. 특히 자식 하나에 모두를 걸었던 사람들이 느끼는 소외감은 말할 수 없을 정도입니다. 메마르고 황폐해진 정신세계의 위기를 지금이라도 느끼고 있다면 그나마 다행한 일입니다. 산 깊은 골짜기에 토굴 하나 지어놓고 자신이 주인공인 삶을 살아가는 것은 꿈이 아니라 언젠가는 돌아가야 할 곳입니다.

하지만 그리워하면서도 차마 가지 못하는 이유는 나약함 때문
입니다. 자신의 나약함이 바로 과거를 그리워만 하는 방황의 원
인인 것입니다.

원인을 알고 있으니 이제 해답은 저절로 찾을 수 있습니다. 단
지 두려움을 버리고 문 밖으로 나서기만 하면 됩니다.

푸른 산 깊은 골에 한 칸 토굴을 지어놓고 깊어가는 가을을 느
끼고 싶습니다.

한해가 가고 또 새로운 해가 시작되었습니다. 예로부터 우리나라는 음력 문화여서 정월 초하루를 새해 첫날로 지냅니다. 새해가 밝으면 많은 사람들이 지나온 일 년 동안 겪었던 시행착오들을 수정하며 새로운 각오들을 합니다. 그리고 만나는 사람마다 '새해에는 복 많이 받으십시오' 하고 인사를 합니다.

얼마나 박복하기에 첫날부터 복 받으라는 이야기를 할까요? 사실 '새해에 복 많이 받으십시오' 라고 하는 인사는 그냥 하는 일이 잘 풀리길 바라는 것뿐입니다. 하지만 복은 입으로 받으라고 해서 받아지지 않습니다. 복은 바란다고 받는 것이 아니라 내가 스스로 만드는 것이기 때문입니다.

저금을 해야 돈을 찾을 수 있듯 복을 지어야 복을 받는 것처럼 말입니다. 그런데 복을 지을 생각은 하지 않고 받기만을 염원하니 항상 박복할 수밖에 없습니다. 우리들의 살아가는 모습이 그렇습니다.

복을 어떻게 짓는 줄도 모르고 무작정 많이 퍼주기만 하면 되는 줄 알고 있습니다. 하지만 복은 검소함에서 생깁니다. 이 말은 좀 더 짜임새 있는 생활을 하라는 말입니다. 우리가 일 년을 달력으로 나누어 차근차근 계획을 세워 실천하듯 매일매일 조금씩 복을 지으라는 것입니다.

신년 계획표를 거창하게 짜지는 마십시오. 학교 다닐 때 그런 식으로 했다가 실패한 경험들이 모두 있을 것입니다. 이루어낼 수 있고 행할 수 있는 것만 세워야 합니다.

우리가 하는 모든 행동, 말, 생각, 즉 몸과 입과 의지로 하는 행위들은 순간순간의 복을 무한하게 거둘 수 있는 도구입니다. 모두가 복 밭인 셈입니다. 심기만 하면 무한하게 거둘 수 있는 밭이지요. 따뜻한 말 한마디, 차례를 지키는 행동, 남을 배려하는 마음들이 얼마나 기름진 밭입니까? 하지만 이러한 복 밭을 외면하고 싹이 나지도 않는 척박한 땅을 맴돌며 농사를 망치는 사람들이 너무도 많습니다. 뒤돌아 후회하는 어리석음을 겪으면서도 그 불모지를 벗어나지 못하고 있습니다.

복된 한해가 되려면 복을 많이 지어 이웃에게 나누어주는 실천이 필요합니다. 이웃에게 나누어준 복은 언젠가는 다시 자신에게 되돌아오게 됩니다. 이것은 금방 사라지지 않고 자손에게까지 물려주는 유일한 유산이 됩니다.

복이 깊어지면 덕이 됩니다. 덕이 쌓여야 지혜가 생깁니다. 그러면 세상의 모든 복 짓는 일이 눈에 다 보입니다. 복을 만들어가다 보면 그런 것이 모여 아름다운 세상이 이루어집니다. 복과 덕이 모인 지혜의 땅에선 아름다운 열매만 열리게 됩니다.

인생이라는 농사를 풍요롭게 지으려면 그 이치를 잊지 말아야 합니다.

봄비에는 향기가 있는 것 같습니다. 봄비는 계곡의 얼음들을 모두 씻어내고 가로수의 눈들을 뜨게 합니다. 수억만 개의 싹들이 기나긴 겨울의 쌓인 먼지를 걷어내고 무성하게 돋아날 준비를 합니다. 봄비는 모든 이들을 평등하게 적셔 줍니다.

보는 사람과 듣는 사람은 모두 제각각이지만 내리는 비는 차별이 없습니다.

아무도 찾아오지 않는 산속에 있을 때 봄비는 나의 손님이었고 애인이었습니다. 그래서 내리는 빗방울 소리에 나는 항상 똑같은 꿈을 꾸었습니다. 그것은 덕 높은 수행승이었습니다. 많은 중생을 제도하는 도 높은 도인, 할 수만 있다면 신통력을 갖추어 온갖 일을 하는 마징가와 같은 사람이 되고 싶었습니다.

사람은 자라온 환경의 지배를 많이 받는다고 합니다.

나는 어렸을 때부터 절에서 살았으니 도인이 최상의 꿈이었습
니다.

더욱이 선배스님들로부터 항상 '도인 되거라' 하는 소리만 들
었으니 그 꿈은 내 생활에 빗물처럼 젖어 있었습니다. 나는 지
금도 더 많은 사람들을 교화할 수 있기를 꿈꿉니다. 많은 사람
들의 마음을 안심시키는 도인이 되고 싶습니다. 하지만 현실 속
에 들려오는 소리는 차바퀴에 깔려 신음하는 빗소리뿐입니다.
현실에서의 비는 대지를 적셔주지 못하고 아파트 벽을 타고 흘
려내려 아스팔트 위를 지나 강으로 흐릅니다. 움트는 뿌리는 한
모금 물이 절실한데도 문명은 그것을 외면하기만 합니다. 마찬
가지로 공부를 하려 해도 주위 환경이 온통 회색 콘크리트로 싸
여 있어 마음이 녹지 않습니다.

언젠가는 도인이 될 것이라 믿고 지금은 그 과정이라고 믿고 싶
습니다. 이 회색 도시에도 봄은 올 것입니다. 아니 벌써 왔는지
도 모릅니다. 빗물처럼 높은 곳에서 제일 낮은 곳으로 흐르다보
면 아파트에도 새싹을 피울 수 있을 것입니다. 봄비에 젖은 아
파트 숲에 사는 현대판 아파트 도인, 보이는 것으로 만족하는
강물이 아니라 모두에게 나누어지는 비와 같은 도인이 되고 싶

습니다. 세상을 적셔주는 감로수 같은 도인을 꿈꾸며 살고 싶습
니다.

오염된 마음이 청결해지면 맑고 아름다운 세상이 서둘러 올 것
입니다.

나는 꿈을 꿉니다. 비가 내리는 봄에 꿈을 꿉니다. 눈을 감고 활
짝 핀 벚꽃들을 그려봅니다. 사람들의 웃음이 봄비 속에 감추어
져 있습니다. 아직은 현실이 아닌 꿈속에서 살고 싶습니다.

boli sim

용서,
나를 위한
기도

타인은 나의 거울입니다. 사람은 세상을 살면서 수많은 타인과 만나며 살아갑니다.
혼자는 결코 살아갈 수 없는 것이 사람이기 때문입니다. 또한 인생을 살다 보면 자연의
삼라만상과 어울려 살아야 하는 인간의 운명을 깨닫게 됩니다. 그것이 바로 자연의 인연이고
관계입니다. 그들이 아닌 소중한 나를 위해 용서의 마음을 냅니다.

아름다운 인연을 위하여 / 못난이 어린 시절과 화해하며
그리움의 이름, 어머니 / 손 시린 부엌에서 군불 지피시던 어머니를 생각하며
우리는 남이 아닙니다 / 복을 짓는 법 / 마른 누룽지에 담긴 마음 / 화목과 정규
메마른 땅을 위하여 / 타인을 위한 기도 / 진정한 사랑

사람은 태어나면서부터 세상 만물과 인연을 맺습니다. 그리고 부모를 비롯한 많은 사람들과 인연은 맺고 헤어집니다. 하지만 그 많은 인연 중에서 우리는 누구와 진정한 마음을 나누며 살고 있을까요?

우리가 세상에서 만나는 인연들은 결코 단순하지 않습니다. 전생에서 억만 겁의 인연을 쌓지 않으면 현생에서 만날 수 없는 것이 사람의 인연인 것입니다.

현생의 인연을 위해 마음을 다해 배려할 줄 알아야 합니다. 나는 잠들지 못하는 밤이면 낯익은 얼굴들을 그려보며 생각합니다. 지하철에서 마주치는 사람들, 함께 식사하는 사람들, 같이 일하며 때로는 우정이 되고 때로는 적이 되는 사람들, 사랑하고 미워하는 사람들은 전생에 어떤 인연이 있었기에 나의 울타리

속에 들어오게 되었을까? 모두 진정 깊은 인연으로 맺어진 존재들이기에 나는 사뭇 진지해질 수밖에 없습니다.

비단 그들 뿐만 아니라 내가 숨 쉬고 살아가며 만나는 모든 사람들과 존재들은 어떤 인연으로 내 삶 속에 들어오는 것일까? 스치는 인연도 소중하지만 평생을 함께 살아가는 가족은 더 말할 나위 없습니다. 부모 자식의 인연은 그 어떤 인연보다 깊고 큽니다. 그럼에도 불구하고 우리의 현실은 어떠합니까? 제 자식은 애지중지하면서 부모 모시기를 거부하고 제 몸 편한 것만 찾는 사람들이 있습니다.

심지어 돈을 위해 부모를 죽이고 부모의 은덕을 배반하는 사람들도 있습니다. 애완견이 감기만 걸려도 동물병원 응급실로 달려가지만 부모의 오랜 신경통은 거들떠 보지도 않습니다. 애인을 위해 목숨을 던져도 부모를 위한 작은 봉양은 하지 못하는 형편입니다.

어찌 이토록 삭막한 세상이 되었습니까? 부모를 생각하는 마음이 이러한데 다른 인연들이야 어떠하겠습니까? 가족의 소중함, 가족의 인연이 너무도 소홀히 여겨지고 있는 것 같아 안타깝기 그지없습니다. 가족 간의 사랑과 존중이 사라지니 피 한 방울

섞이지 않은 타인과의 인연은 쓰레기와도 다름없는 대접을 받는 것입니다. 내게 이익이 되지 않으면 적이 되고 돈이 연관된 일이라면 상대방을 죽여서라도 내 것을 챙기려 합니다. 이처럼 극단적인 예가 아니더라도 우리는 주변에서 싫어하는 사람, 미워하는 사람을 많이 두고 있고 세속의 일로 인해 원수가 되는 경우도 비일비재합니다. 나 역시 타인의 작은 실수를 증오하고 남의 것이 탐나 한동안 욕심의 몽상에 빠지곤 합니다.

그러나 가만히 생각해보면 어찌 우리의 이웃에 있는 사람들을 증오하고 미워할 수 있단 말입니까? 같은 시대에, 그것도 같은 공간에 태어나 어떤 관계이든 서로 인연을 맺고 사는 것은 참으로 큰 인연의 결과입니다. 전생의 큰 인연이 없었다면 결코 인간으로 태어나 서로 만날 수 없었을 것입니다.

길거리에서 잠깐 스쳐가는 사람들 모두가 나에게 있어 큰 인연의 결과인 것을 깨닫지 못한다면 세상의 인연은 모두 의미가 없을 것입니다. 그런 이치를 생각한다면 우리 곁에 있는 존재들은 절대 증오의 대상이 될 수 없습니다.

단 한번 인연이 닿았던 사람도 시간이라는 4차원의 다리를 건너면 다시 마주치게 됩니다. 그러므로 현생의 작은 만남에서도 결코 죄를 만들면 안 됩니다. 미워하고 싸우고자 하는 욕망이 얼마나 그릇된 마음입니까. 자신의 이익을 위해 전쟁을 하고 종교나 민족의 차이로 죽고 죽이는 싸움을 벌이는 것이 얼마나 큰 죄악입니까. 사람의 운명이란 전생과 현생, 후생의 역학관계에 의해 순환되는 것이므로 결코 현생의 삶이 전부가 아닙니다. 다음 세상을 생각해보면 어찌 작은 죄라도 가벼이 생각할 수 있겠습니까?

그럼에도 불구하고 우리는 나 자신만이 옳고, 나 자신만의 안위만 생각하며, 다른 사람과의 인연은 소홀히 하고 있습니다. 당장의 욕심과 이익을 위해 타인에게 상처를 주는 것은 그 인연의 법을 깨닫지 못한 결과입니다.

나만 잘 살고 잘 먹으면 세상이 어떻게 되어도 상관없다는 식의 말초적인 개인주의가 만연한 현대사회는 그렇게 우리의 마음을 병들게 하고 있는 것입니다. 타인의 것을 빼앗고 쾌락을 위해 싸우고 심지어 인간의 목숨을 빼앗는 사람들, 바로 그들은 사람으로서 이미 죽은 자와 같습니다. 목숨은 빼앗지 않더라도 다른 사람의 마음을 죽이는 죄악을 저지르는 사람들, 그들의 마음은 이미 지옥에 저당 잡힌 것과 다름없습니다.

못난이 어린 시절과
화해하며

요즈음 들어 처음 절에 출가했던 때가 더욱 생각납니다. 사실 어른이 된 후 그 시절을 떠올리는 일이 별로 없었습니다. 어린 나이에 시작된 나의 절 생활은 너무도 서툴고 어설펐습니다. 그래서일까. 오랜 세월, 나는 그 시절을 떠올리는 것은 자존심 상하는 일처럼 느껴졌습니다. 그런데 처음 절에 온 신도님들을 보면서 그 시절의 내 모습이 떠올랐습니다.

언제 절을 할지, 향을 몇 개나 피울지 눈치를 보면서 무엇이 그리 두려운지 안절부절못하고 옆 사람에게 마음 편히 묻지도 못하는 신도님들 앞에서 척척 대답을 하는 내 모습을 바라본 순간 그 기억이 아프거나 슬프지 않았습니다.

출가 후 처음 절에서 만난 사람은 어른 스님이었습니다. 이제부터 절에서 먹고 자며 살아야 한다는 생각에 머리가 온통 하얗게 변해버린 나머지 기억 속 그가 행자였는지, 스님이었는지조차 확실하지 않습니다. 어쨌거나 그는 나에게 절에서 살아가는데 필요한 간단한 주의사항을 일러주며 덕지덕지 기운 옷 한 벌을 건네주었습니다. 옷을 받은 후 나는 잠시 방치되어 있었습니다. 그리고 저녁이 되었습니다. 어떤 사람인지 역시 기억나지는 않지만 또 다른 어른 스님 한 분이 나에게 발우 공양에 대하여 설명해 주었습니다.

덕지덕지 기운 옷을 억지로 입은 나는 어색한 표정으로 어른 스님들 사이에 앉아 저녁 공양을 하였습니다. 언제 수저를 들어야 하는지 몰라 안절부절 못하고 소리를 내지 않아야 한다는 긴장에 식은땀만 흘렸던 기억이 새록새록 합니다. 공양 시간 내내 너무나 조용한 나머지 질문을 할 엄두도 내지 못한 채 앞에 앉아 있는 사람 눈치 보랴, 옆에 앉아 있는 사람을 따라 하랴 밥을 어떻게 먹었는지조차 모릅니다. 그때 나는 그저 '시간이 빨리 지나갔으면……' 하는 생각뿐이었습니다.

이런 이야기를 입 밖으로 꺼내면서 나는 안심한 얼굴로 편히 웃는 신도님들과 함께 웃음을 터트렸습니다. 그날 이후 기억하는 것조차 피해왔던 꽁꽁 감춰두었던 기억들을 꺼내보곤 합니다.

괴로울 지도 모른다는 생각에 조심조심 기억을 꺼내지만 그때마다 웃음이 더 많이 나곤 합니다. 우리들 사는 것도 이와 비슷합니다. 가슴을 활짝 열면 거리에 무심히 지나가는 사람이나 청소하는 사람, 혹은 아파트 경비원들의 얼굴에서도 무한한 가르침을 배울 수 있습니다.

물론 처음 만나는 사람들은 무척 낯설고 어색한 장소도 있기 마련입니다. 하지만 마치 몸에 배어있는 예절처럼 옆에 있는 사람들을 가족처럼 생각한다면 어느 곳이든 편안해집니다. 나의 못났던 과거가 이제는 귀엽고 사랑스럽게 느껴지기도 합니다. 지금 나는 나의 어린 시절을 축복하며 추억합니다. 잊고 싶어 꽁꽁 감춰놓고 외면했던 과거에게 보고 싶었다고 속삭여 봅니다. 그렇게 과거의 내 자신과 진정한 화해를 할 때마다 미래를 향해 걷는 발걸음이 가벼워집니다.

그리움의 이름,
어머니

언젠가 몇 년이나 뵙지 못했던 어머니를 만나러 고향에 다녀온
적이 있습니다. 그날은 민족의 대명절인 설날이었습니다. 몇 년
동안이나 고향에 가지 않았기 때문이었을까요. 설이 조금씩 다
가올수록 잠잠했던 그리움이 쌓이기 시작하더니 급기야 참을
수 없는 지경이 되고 말았습니다. 그래서 나는 모든 일을 내려
놓고 어머니가 계신 시골을 향해 출발했습니다.

출가한 이후 어머니는 뵙기만 하면 저에게 '너는 불전에 시주
한 아들' 이리고 말씀하곤 했습니다. 어렸을 때는 일 년에 한 번
볼까 말까한 어머니 얼굴을 실컷 보기도 전 '불전에 시주한 아
들' 이라는 말이 어머니 입에서 나오면 얼마나 야속했는지 모릅
니다. 조금 더 자라서는 하루라도 빨리 성불하는 것이 효도라
생각하며 수행을 한다는 이유로 찾아가지 못했습니다.

하지만 이번에는 참지 않았습니다. 하지만 그 마음은 잠시뿐, 주름 깊어가는 어머니를 대하니 마음이 아려왔습니다. 나의 어머니만큼은 무정한 세월을 비켜나서 항상 고운 모습이길 바랐는데, 무상한 세월의 화살을 맞은 어머니는 시골 할머니로 변하고 말았습니다.

어렸을 때에는 절에서 지낸 세월이 집에서 보낸 시간보다 더 많기에 속가에 대한 미련은 없으리라 생각했습니다. 그러나 그 날 연로한 어머니를 마주한 나는 혈육의 정이란 그 무엇으로도 끊을 수 없다는 것을 알았습니다. 불교에서는 부모의 은혜에 대해 아주 특별하고도 자세히 기록하고 있습니다. 「부모은중경」이라는 별도의 경전이 있을 만큼 부모에 대한 효를 강조하고 있습니다. 그 경전에는 어머니의 은혜가 하늘보다 높고 바다보다 깊다고 적혀 있습니다.

수행하는 사람에게 속가에 대한 정은 금기사항이지만 부모의 은혜까지도 버리고 출가하라는 가르침은 없습니다. 부모의 은공을 잊어버리는 것이 출가수행이라고 생각하는 것은 잘못입니다. 세상에서 나를 가장 사랑해주는 부모를 떠나 속가의 정을 끊는 것은 생사의 이치를 밝히기 위함이요, 그 이치를 밝게 하는 지혜를 얻기 위함이 출가수행의 목적입니다. 석가모니도 성불 후에 부친인 정반왕을 찾아 설법했고, 생모인 마야부인을 위해 도솔천까지 가서 법문함으로써 효를 다하였는데, 나는 어머님의 크신 은혜를 갚기는커녕 걱정이나 끼쳐드리지는 않았는지 생각해봅니다.

오늘날의 아들, 딸들은 모두 자기 잘난 맛에 살고들 있지만 어버이가 없었다면 어찌 이 세상 사람이겠습니까? 연로하신 부모는 더 이상 기다려주지 않습니다. 나중에 효를 행하겠다는 생각은 핑계일 뿐입니다. 효도는 몸에 배어 있는 습관처럼 매일 행해야 합니다.

부모를 공경하는 것은 숨을 쉬듯 당연하게 행해야 하는 자연의 이치입니다. 낳아주신 은공 하나만으로도 효도를 받을 자격이 충분한 이 땅의 많은 어머니들, 그것도 모자라 한없는 자애의 눈길로 자식을 바라보는 그 은혜를 어떻게 다 갚을 수 있겠습니까?

손 시린 부엌에서 군불 지피시던
어머니를 생각하며

깊은 산속 절에 살다 보면 우리들의 어머니 같은 할머니들이 도시에 나가있는 아들, 손자, 며느리들 모두 건강하고, 금년에는 무슨 일이 있더라도 번듯한 집 장만할 수 있도록 해주십사 하고 부처님 앞에 꿇어앉아 수없이 기도하는 모습들을 많이 보게 됩니다. "스님, 올해는 되겠습니까?"하고 한결같이 물어오는 어머니의 심정을 도시에 살고 있는 자식들은 얼마나 헤아리고 있는지…….

추석이나 설날에 겨우 한번 찾아오는 며느리는 부엌에서 하는 일이 몹시도 어색하여 낯선 눈치이고, 손자들은 할머니 품안에서 도망치듯 밖으로 나가 놀고, 아들은 동네사람들과 어울리다가 시간이 되면 다시 돌아가기 바쁩니다. 그리고는 자기네 할 일은 다했다는 듯이 스스로 위안을 삼습니다.

이 얼마나 자기중심적인 생각입니까?

소 팔고 논 팔아서 학비 보내준 부모님의 은혜를 나중에 취직해서 몇 곱절 갚아드리겠다던 약속은 시간이 갈수록 희미해져만 갑니다. 하는 일이 형통하거나 집 한 채라도 장만하게 되면 스스로 잘나서 혼자만의 힘으로 이뤄냈다고 착각합니다. 하지만 그것은 모두 어머니의 공로임을 나는 알고 있습니다.

부모님이 조용하게 항상 기도해주시는 덕으로 아이들이 건강함을 며느리들은 알아야 합니다. 이러한 고마움을 아는 사람들이라야 집안이 화목하고 굳건할 수 있습니다. 부모님을 집안의 부처님 섬기듯 모시라 했거늘 그렇지 못한 가정이 너무도 많습니다. 부모님을 부처 받들 듯하고 부모가 자손들의 평안만을 기도해주면 자연스레 번창할 것입니다.

부모님은 자손들에게 대가를 바라고 사랑을 베풀지 않습니다. 우리노 그것을 잘 알고 있습니다. 그 한량없는 은혜를 이제는 조금이라도 갚아야 할 때입니다. 그렇다면 그것을 갚기 위해서 어떻게 해야 할까요? 거창한 은혜 갚음이란 없습니다. 조그마한 일부터 실천에 옮기는 것이 중요합니다. 부모님을 공양하는 일은 넓은 마음이 있어야만 행할 수 있는 어려운 내용이 결코

아닙니다. 조그마한 정성에 큰 행복을 느끼는 부모님께 지금 당
장 전화라도 드려 봅시다. 큰 효도는 나중이고 작은 효도부터
실천에 옮겨야 합니다.
손 시린 부엌에서 군불 지피시던 어머니를 생각해서…….

우리는
남이 아닙니다

몇 해 전 큰비가 와서 많은 피해가 있었습니다. 모든 경제 위기에 수재까지 겹쳤으니 살아갈 길이 막막한 그들을 생각하면 마음이 정녕 아프기만 합니다.

실의에 잠긴 수재민들을 보며 기회가 된다면 수몰되었던 지역으로 가 몸으로 봉사 보시를 하고 싶다는 생각을 해 보았습니다. 하지만 그럴 수 없었습니다. 그래서 작게나마 수재민에게 위로와 용기가 되길 바라는 마음으로 그해 백중기도에는 지장기도를 열심히 했습니다. 기도에 담긴 모든 공덕을 수재민들에게 돌리는 기도입니다.

며칠 전 어느 스님의 이야기를 들으니 물난리 때 얼마나 힘겨웠는지 알 수 있었습니다. 그 내용인 즉, 스님이 살고 있는 절에 큰물이 들어 요사채(사찰 내에서 승려의 생활과 관련된 건물)가 흔적도 없이 사라졌다는 것입니다.

다행히 스님은 목숨을 건져 그곳을 빠져나온 뒤 지나가던 차를 세웠다고 했습니다. 그런데 참으로 야속하게도 고급 승용차들은 모두 외면하기만 했답니다. 결국 스님을 태워준 차는 낡은 트럭이었습니다. 그때 스님은 '인정이란 재산에 반비례함'을 느꼈다고 합니다.

우리는 어떨까요? 비 피해도 없고 다른 곳보다 안정된 곳에서 살고 계신 분들에게 묻고 싶습니다. TV에서 나오는 가슴 아픈 사연들을 듣고 적은 금액이라도 선뜻 보시를 했는지요? 아니면 지역이 다르다고 해서 팔짱만 끼고 바라만 보고 있지는 않았나요? 나 살기도 어렵다며 외면하고 있지는 않은가요?

'나다, 너다'라고 편 가르는 데서 모든 번뇌가 시작됩니다. '나다, 너다'라는 생각을 모두 던져버리고 몸으로라도 보시한다면 얼마나 큰 기쁨을 얻겠습니까? 현재의 나는 결코 우연히 생겨난 존재가 아닙니다. 비록 현재에는 자신과 관계없는 사람들일지라도 결코 남이 아닙니다. 과거 수많은 생生 동안 거미줄처럼 관계를 맺어온 사람들입니다.

모든 중생이 우리의 부모형제요, 아들, 딸들입니다. 그래서 우리는 결코 남이 될 수 없습니다.

더욱이 우리는 세계일가世界一家에 살고 있습니다.

과거 생에 지어왔던 수많은 인연들은 아버지나 어머니 그리고 형제로 다시 만나게 됩니다. 혹은 반대로 전생에 부모 형제였던 인연이 현생에는 이웃이 될 수도 있습니다. 현생은 한 나라 안에서 살아가는 인연이지만 수재를 당한 사람들은 전생에 우리의 부모 형제였을지도 모르는 일입니다. 부모 형제가 물에 잠겨 떠내려가는데 그냥 바라보고만 있겠습니까?

지금 우리 주위의 많은 사람들이 고통 받고 있습니다. 그들에게는 따뜻한 말 한마디와 부드러운 미소가 필요합니다. 물질적 도움과 더불어 따뜻한 말, 부드러운 미소가 바로 부처의 말씀을 전하는 첫걸음입니다.

하루빨리 수마의 아픔에서 벗어나 생업에 종사하도록 정성껏 기도드립니다.

우리는 힘든 일을 피하는 것이 당연하게 여겨지는 시대에 살고 있습니다. 그러나 남들이 하기 싫어하는 일에 땀 흘리는 것이야말로 복을 제일 많이 짓는 일입니다.

절의 스님들은 공부가 잘 안 되면 복이 부족한 것이 원인이라 여겨 공양주나 화장실 청소하는 것을 스스로 자원합니다. 그것은 대중들을 위하는 길이기도 하지만 자신을 위해서 복을 짓는 일이기 때문입니다. 자신을 낮추면 공부도 저절로 되는 것입니다.

지금 우리가 겪는 고난은 복을 짓지 못하고 모두 소비해 버렸기 때문입니다. 6,70년대 사막의 모래바람 속에서 지었던 복은 겉으로 치장하는 데 다 소비해 버렸습니다. 소득보다 지출이 많아서 부도 직전까지 갔던 것은 사치와 향락이 그 원인입니다.

남들의 시선을 의식해서 자기 내면의 개성은 잃어버리고 겉멋 내는 일만 선호했습니다. 그러다 보니 어렵고 힘든 일들은 외면하고 연예인이나 꿈꾸는 젊은 사람들로 넘쳐납니다.

어려운 한 철을 보낸 복력으로 평생 동안 부처를 모시고 살아갑니다. 어려움을 이겨낸 그 힘이 일생에 얼마나 소중한 밑거름이 되는지는 모두 잘 알고 있습니다. 이렇듯 한번 복을 지어본 사람은 어려움이 닥치면 건전지를 충전하듯 허드렛일을 합니다. 큰절의 주지스님들도 그렇게 사는 모습을 나는 많이 보아왔습니다. 그러한 일은 부끄럽고 자존심 상하는 일이 아닙니다. 봉사하며 희생하기를 약속하는 일입니다. 바로 복을 위한 희생인 셈입니다. 대중들을 위해서 자기 자신을 내어줄 수 있는 사람들은 복을 짓는 법을 잘 알고 있습니다.

복은 남에게 받는 것이 아니라 내가 스스로 짓는 것이며 형편이 좋을 때가 아니라 어려울 때일수록 이웃과 나누는 것입니다. 어려울수록 무량한 복을 지어 이웃들에게 나누어주는 이치, 바로 그것이 세상을 후회 없이 사는 법입니다.

어려움을 피하기만 한다면 결국 행복한 미래는 오지 않기 때문입니다.

마른 누룽지에
담긴 마음

희망이 있어야 할 새봄, 경제 한파가 사람들의 마음을 다 얼려
버렸는지 도무지 봄기운이 움틀 기미가 보이지 않습니다. 보통
사람들에게도 느껴지는 위기의식 탓인지 봄의 기운은 아직도
저만치 멀게만 느껴집니다. 하루하루 살아가는 것조차 어려운
사람들이 많은 현실이고 보면 그럴 만도 합니다.

하지만 경제가 어렵다고 위축되거나 두려움에 떨 필요는 없습
니다. 사람들은 누구나 자기의 고통이 더 크게 느껴지겠지만 자
신보다 불행한 사람이 더 많은 법입니다. 지금 겪고 있는 고뇌
는 결국 스스로 만들어낸 허상에 불과합니다. 그러므로 자신의
고통을 너무 크게 생각할 필요는 없습니다. 오히려 타인의 고통
과 고뇌를 돌아볼 줄 알아야 합니다. 그것이 자신의 불행과 타
인의 고통을 사라지게 하는 방법입니다.

어릴 적 가까이서 모시고 살았던 스님의 49재에 참석하기 위해 통도사에 다녀온 적이 있습니다. 그때 나는 바쁜 일 모두 제쳐두고 알고 지내던 스님들과 동행했습니다. 꼭 참석하고 싶기 때문입니다.

어느 해 겨울 얼음이 그렇게 두껍게 얼었던 폭포 위 암자에 거처했던 스님께 나는 쌀과 마른 누룽지를 올려다 드리곤 했습니다. 스님은 그 누룽지를 물에 불려서 아침으로 드시곤 했습니다. 그때 스님은 무거운 짐을 들고 산에 오르는 나를 대신해 기쁜 마음으로 짐을 들어주시곤 했습니다. 또 어린 나에게도 항상 존댓말로 존칭을 붙여주셨고 스스로에게는 검소함을 원칙으로 생활하셨습니다.

시리게 맑았던 계곡을 따라 단숨에 뛰어올랐던 그 암자가 지금도 눈에 선합니다. 따뜻한 차 한 잔과 함께 그 스님의 체취가 남아 있는 그곳에 잠시라도 미물고 싶은 마음이 간절합니다. 존경하는 스님의 마음을 그대로 간직하고 싶은 까닭입니다.

세속에서 때 묻어 가는 나를 다시 그 시절의 깨끗함으로 되돌려 놓고 싶은 마음 때문입니다.

지난날을 돌이켜보면 남의 고통을 대신 짊어지고 수행하며 고

되고 거추장스러운 일은 먼저 앞장섰던 스님의 솔선수범이 내
겐 큰 공부가 되었습니다. 늙어도 추하지 않고 고고하게 가시는
모습이 아름다웠습니다. 그런 모습은 나에게 밑거름이 됩니다.
나보다 남을 위하는 작은 마음이 결국 세상을 움직이는 커다란
힘이 된다는 것을 깨달았습니다.

봄을 시샘하는 바람이 아무리 차가워도 지혜로운 나무는 뿌리
를 더욱 튼실하게 내리는 것처럼 어려운 때일수록 부처의 마음
은 가까이 있습니다.

어려울수록 흔들리지 말고 어려운 시절을 초래한 과거를 참회
하고 다시는 그런 잘못을 되풀이하지 않겠다는 결심을 해야 합
니다.

화목和睦과
청규淸規

집안이 평온하려면 우선 화목해야 합니다.

화목의 시작은 화합입니다. 자신을 내세우지 않는 것입니다. 나를 내세우고 고집 피울 때 화합은 유지될 수 없습니다. 그렇다고 화합을 무원칙적인 타협으로 착각해서는 안 됩니다. 화합은 공동체의 덕목이지만 그 공동체는 진리와 정의를 추구하는 목적이 있어야 하기 때문입니다.

'이성동거필수화목異姓同居必須和睦'

통도사 일주문一柱門 사찰에 들어서는 문 가운데 첫 번째 문 앞에 서 있는 석주石柱에 새겨져 있는 글입니다. 절이라는 곳은 많은 부류의 사람들이 살아가는 곳이기에 반드시 화목해야 한다는 말입니다. 부처의 뜻을 위해 모인 사람들은 모두가 형제이고 자매입니다. 상하노소가 함께 하는 평화로운 공존을 위해서 원효스님은 화쟁和諍을 신라의 고승 원효가 제시한 것으로 모든 논쟁을 화합으로 바꾸려는 불교사상을 주창했습니다. 서로 사랑하는 눈으로 바라보며 사는 것이 진짜 화목이라는 뜻입니다. 그래서 원효스님은 사람들이 많이 모인 시장 바닥에서 춤을 추며 가르침을 베풀었습니다. 그 눈물 어린 자비에 우리는 숙연함을 느끼지 않을 수 없습니다.

화합은 결코 어려운 일이 아닙니다. 타인이 나를 괴롭힌다 해도 나의 선택에 따라 화합도 할 수 있고 전쟁도 할 수 있습니다. 그러나 화합을 위해 무엇이든 양보한다면 오히려 잘못입니다. 공동체의 화합을 무너뜨리는 행위에 대해서는 엄격한 규율이 필요합니다. 그것은 전체를 위한 것이기도 합니다. 통도사 일주문 앞의 석주에는 또 다른 글귀가 새겨져 있습니다.

'방포원정상요청규方袍圓頂常要淸規'

이 말은 바로 규율에 관한 것입니다. 성도 다르고 살아온 환경도 다른 사람들이 모여서 기도하는 절에는 반드시 규율이 필요합니다. 예전 절집은 군인도 와서 울고 갈 만큼 상하관계가 엄

격했습니다. 그러나 그것은 누군가를 못살게 굴기 위한 규율이 아닌 화합을 지키기 위함이었습니다. 자발적인 동참으로 계율에 충실하고자 했습니다. 이러한 규율이 청규입니다.

화합을 깨뜨리는 행위는 모든 이들에게 피해를 줍니다. 공통의 목표인 깨달음을 향해 나아가는 데 장애를 일으키고 물과 기름처럼 화합하지 못하는 사람은 제명시켜야 합니다.

만약 통도사에 가시게 되면 일주문에 새겨진 글귀를 한 번 읽어 보시기 바랍니다. 그리고 왜 그것이 일주문 앞에 있는지 잘 생각해 보시기 바랍니다.

가만히 지나온 날들을 거슬러 올라가 보니 세월이 유수와 같이 흘러 출가한 지도 37년이 지났습니다. 삼라만상의 이치로 보면 찰나에 불과하지만 참으로 긴 시간이 지났다는 생각이 듭니다. 절밥을 그만큼 먹었으니 참으로 부끄럽기도 합니다. 신도들은 절밥이 맛있다고 하지만 신심 있는 신도가 시주해 올리는 공양을 소화시키기란 뜨거운 쇳물 삼키기보다 어렵습니다. 그 뜨거운 쇳물을 37년이나 매일 먹고 살았으니 그 빚을 어떻게 다 갚아야 할지 걱정입니다. 기도정진으로 사람들의 마음을 평화롭게 하는 것이 그 빚을 조금이라도 갚는 길이겠지요.

처음 출가했을 때를 생각하면 미소가 절로 나오곤 합니다. 지금으로 따지면 모든 것이 수행이지만 그때는 참으로 고생스럽다는 생각을 많이 했습니다.

밭으로 풀 베러 다니고, 산으로 나무를 하러 다녔습니다. 새벽에 일어나 예불을 드리고 나면 경전 공부를 해야 했고, 오전에 운력運力(대중들이 함께 모여 하는 육체적 노동)을 마치고 나면 오후에는 도량 청소가 기다리고 있었습니다. 그리고 다시 저녁에는 공부에 열중해야 합니다. 모든 것이 넉넉지 않은 살림이라 조그마한 것도 나누고 아끼며 살았고, 모든 운력은 스님들의 몫이었습니다.

그렇게 살았습니다. 그렇게 열심히 살았는데 그 공덕이 아예 없지는 않겠지요. 자만일지는 모르지만 조금이라도 공덕이 있다면 그 공덕을 지금 회향하고 싶습니다. 혹 수행이 부족할지라도 그 공덕이 있다면 지금 가뭄에 목말라하는 농부들에게 회향하고 싶습니다. 하루라도 빨리 갈라진 논에 풍족한 비가 내리기만 한다면 지금껏 살아오면서 쌓은 공덕을 모두 농민들에게 되돌려주고 싶은 심정입니다.

논에 물대는 것과 자식 입에 밥 들어가는 것은 아무리 보아도 싫증나지 않는다고 합니다. 그러니 이렇게 타 들어가는 논과 밭을 바라보는 농민들의 마음을 생각하면 세수하는 것조차 죄스럽기 짝이 없습니다.

바람과 구름이 몰려와 비를 흠뻑 내려주길 엎드려 기원합니다.
처음 출가했던 때의 마음으로 농민들의 고통이 어서 사라지기
를 기원합니다.

올해 여름은 유난히 더워서인지 출가 본사인 표충사가 자꾸 생각납니다. 밀양에서 60리 길인 표충사의 주소는 단장면 구천리입니다. 구천리는 밀양에서 큰 냇가를 아홉 개 건너야 표충사에 갈 수 있다고 해서 붙여진 이름입니다.

무더운 여름날 도량의 풀을 베고 난 후에 냇가에서 목욕하던 때가 생각납니다. 그 맑은 물에서 입술이 파랗게 되도록 놀다가 따뜻한 바위에 누워 시리도록 파란 하늘을 보고 있노라면 사형들게 들었던 꾸중도 잊을 정도로 아늑했습니다.

눈이 부시도록 밝은 햇살과 싱싱한 숲에서 불어오는 맑은 바람을 가슴속 깊이 들이마시면 이 몸은 마치 저 하늘의 구름처럼 가벼워지는 것 같았습니다.

그토록 아름다운 그곳, 시원한 물이 흐르는 산이 오늘따라 그립습니다. 이 더운 여름 한 철을 산속 깊은 토굴에서 기도하며 보내고 싶은 마음이지만 하루도 빠짐없이 기도하는 불자들을 생각하면 그럴 수도 없습니다.

세상에서 가장 아름다운 모습은 기도하는 모습입니다. 이 아름다운 기도는 곧 참회하는 마음이기 때문입니다. 또한 기도하는 마음은 공양하는 마음입니다. 나 자신보다 타인을 위하여 끊임없이 기도하고 섬기는 마음, 그 속에서 자비심이 일어나게 됩니다.

자비심은 말이나 행동에서 비롯되는 것이 아니라 마음에서부터 우러나옵니다. 마음속의 마음, 생각속의 생각으로 자비심이 생겨나는 것입니다. 잡된 생각을 비우고 마음을 하나로 모으는 것, 이것이 기도의 마음이며 자비의 근본입니다.

자기 자신만을 위한 기도는 결코 좋은 결과를 얻을 수 없지만, 타인을 위한 자비의 기도는 큰 복으로 다가옵니다.

자비로운 마음으로 기도할 때 저마다의 소원이 이루어지게 됩니다.

타인은 나의 거울입니다. 사람은 세상을 살면서 수많은 타인과 만나며 살아야 합니다. 사람은 혼자서는 결코 살아갈 수 없기 때문입니다.

또한 인생을 살다 보면 자연의 삼라만상과 어울려 살아야 하는 인간의 운명을 깨닫게 됩니다. 그것이 바로 자연의 인연이고 관계입니다.

그렇다면 인연은 무엇일까요? 불교에서 말하는 인연이란 가(假), 즉 잠정적이고 가변적인 것입니다. 보는 사물은 본디 실체가 없고 시시각각으로 변하고 있으며 인연에 따라 잠시 성립되었다가 인연이 다하면 흩어진다는 뜻입니다. 자연의 이치에 의해 정해진 인연이란 봄, 여름, 가을, 겨울처럼 미리 정해진 순서로 예정되어 있기에 따를 수밖에 없습니다.

사람의 운명 속에서 마주치는 인연 역시 마찬가지입니다. 인연의 법칙을 거스르는 것은 계절의 흐름을 뒤바꾸는 것처럼 잘못된 행동입니다.

그러나 다행히도 인연은 절대적인 하나로 정해져 있지 않습니다. 인연은 늘 변화하고 관계 역시 달라지며, 인연의 수명에 따라 만나고 헤어지기 때문입니다. 세상에 영원히 지속되는 것이란 없는 것처럼 인연 역시 그러합니다. 그렇기 때문에 현재의 인연이 아무리 좋더라도 영원히 유지하겠다는 욕심은 어리석은 일입니다. 더욱이 사람은 더더욱 내 것이 될 수 없습니다.

세상에 어찌 '내 것'이 있을 수 있습니까? 모든 것들은 그저 찰나 동안만 내게 머물러 있다가 가는 것입니다. 내 것은 본래 존재하지 않기에 사람의 욕심은 바람과도 같습니다.

육체 역시 자연의 일부일 뿐입니다. 그러기에 죽으면 흙이 되어 다시 자연 속으로 돌아갑니다. 결코 육체도 내 것이 될 수 없음입니다.

세상의 모든 사물은 순환의 과정이며 인연의 유무에 따라 내 곁에 있고 없는 것입니다. 이것을 깨닫지 못하면 세상은 늘 파괴와 상처로 아파하게 됩니다. 이것을 무시하고 나와 인연이 없는 사람에게 집착하고 재물을 탐내는 것은 어리석은 욕심이요, 죄입니다. 그러므로 내 마음을 맑게 하려면 욕심의 유혹을 뿌리칠 줄 알아야 합니다. 어차피 빌려 쓰다가 갈 세속의 사물들은 유일한 내 것인 마음과 맞바꿀 만큼 소중하지 않기 때문입니다.

이런 이치를 따진다면 진정한 사랑의 의미는 세상에 대한 인연 맺음의 하나입니다. 부모와 자식, 혹은 형제와 부부 간의 관계도 따지고 보면 타인입니다.

아무리 사랑하는 연인이라도 나와 동일한 존재일 수는 없습니다. 그럼에도 불구하고 우리는 사랑이라는 이름으로 자신의 생명까지도 내놓을 수 있는 인연을 만납니다. 내 것을 아끼듯 타인의 것을 아끼고 내 것을 챙기듯 타인의 것을 소중히 여기는 것은 함께 행복하고 아름다운 세상을 만듭니다. 그렇기 때문에 행복을 만나려면 타인을 나의 존재처럼 아껴야 합니다.

비록 유한한 인연이지만 공존하는 동안만큼이라도 아름다워야 하지 않겠습니까.

내마음의
보약한첩

버리는 것의 즐거움을 깨닫는 것은 마음에 향기를 채우는 것과 같습니다.
마음속에 아름다운 향기만 남을 때까지 훌훌 버리고 살아가기를 원합니다.
흐르는 물처럼 맑은 여백으로 가득 찬 마음으로 살아가고 싶습니다.

파초 잎에 듣는 빗소리 / 어느 채식주의자의 외침
그 해 여름, 백일 동안의 하안거 / 룸비니 동산에서
행복을 위하여 박수 한번 칠까요 / 마음의 봄볕을 준비하며
공평한 세상을 위하여 / 향을 켜는 이유

파초 잎에 듣는
빗소리

거리를 채우는 빗소리가 참으로 좋습니다. 장마가 본격적으로 시작되는 계절입니다. 꾸물거리던 하늘이 아침부터 말그스레한 물방울을 쏟아놓습니다. 빗소리를 듣고 있자니 옛 생각이 새록새록 떠오릅니다. 오래된 시절의 이야기이지만 바로 어제 일처럼 생생한 기억입니다.

스님들에게는 비가 오는 날이 참으로 좋습니다. 빗소리도 정겹지만 봄부터 시작되는 잡초 뽑기 작업을 면할 수 있기 때문입니다. 여름 날 쪼그리고 앉아 호미 하나로 풀을 뽑다 뒤돌아보면 어느새 녀석들은 우후죽순처럼 푸르게 자라 있곤 했습니다.

밀짚모자 하나로 따가운 햇살을 피해가며 땀으로 얼룩진 속옷이 몸에 붙어 떨어지지 않을 때까지 풀을 뽑다보면 순식간에 무럭무럭 자라있는 풀들이 그렇게 야속할 수가 없었습니다.

그래서 비라도 왔으면 하고 바라곤 했습니다. 수행을 하면서도 노동에 꾀가 나는 것을 보면 어쩔 수 없는 인간인가 봅니다.

비가 오는 장마철에는 그런 노동을 조금은 피할 수 있었습니다. 하안거 공부 기간이 우기에 정해지는 것은 그런 이유입니다. 그러나 진짜 중요한 이유는 다른 데에 있습니다. 비가 자주 오는 계절에는 많은 생명들이 다시 탄생하는 시기여서 생명을 보호하기 위해 3개월 동안 두문불출하도록 정한 것입니다.

어느 해인가 하안거를 하면서 큰절 선방에 앉아 처마 끝으로 떨어지는 빗물을 하염없이 바라보던 때가 있었습니다. 화두고 뭐고 다 잊어버린 채 처마 끝을 따라 일정한 간격으로 떨어지는 빗물에 빠져 있었습니다. 그러다가 나도 모르게 일어나 손을 내밀어 유리알 같은 빗방울을 받아보았습니다. 참으로 무아에 빠진 찰나였습니다. 그러다 문득 후두둑! 하는 소리에 정신을 차려보니 앞마당에 늘어선 파초가 온 몸으로 장대비를 받아내고 있었습니다.

속가에서는 매화, 난초, 국화, 대나무로 대표되는 사군자에 연꽃, 소나무, 목단, 그리고 파초를 더해 팔군자라고 부릅니다. 파초는 가난하지만 기개 있는 선비를 상징합니다.

옛 선비들은 파초 잎에 떨어지는 빗소리로 배고픔을 잊고, 붓글씨 연습할 종이가 없으면 파초 잎으로 대신했습니다. 파초는 이처럼 가난한 선비의 필수품이었기에 팔군자에 속하게 되었다고 합니다. 하지만 절에서는 파초를 속이 없는 맹탕에 비유합니다.

양파를 아무리 까도 알맹이가 없듯 파초 역시 알맹이 없는 껍질이기 때문입니다. 그래서 내 안의 본래 성품을 찾는 데 아주 중요한 스승으로 삼고 있습니다. 그런 탓에 큰절에서는 꼭 몇 그루의 파초를 가꿉니다. 알맹이 없는 껍데기로만 위세를 자랑하는 어리석음을 파초를 통해 말없이 지적하며 가르침을 주기 위해서입니다.

도시의 아파트 숲은 처마 끝에서 떨어지는 빗방울도, 파초 잎에 떨어지는 빗소리도 들리지 않는 삭막한 곳이지만, 이곳 역시 사람 사는 곳입니다. 생명들이 살아 숨 쉬는 곳입니다. 그러므로 장마 기간만이라도 욕심을 자제하고 지내야 합니다.

맑은 소리로 떨어지는 빗방울의 하모니를 들을 줄 알아야 합니다. 빗소리와 함께 어우러지는 생명들의 노래를 느낄 수 있어야 합니다. 선방에서 참선하며 공부하는 스님들처럼 말입니다.

조용히 오래 앉아 있으면 엉덩이에 땀띠도 나겠지만 새로 태어
나는 모든 생명들을 위해 인내의 시간을 가질 필요가 있습니다.
또한 자신의 생명을 새롭게 하는 더없이 좋은 기회가 될 것입
니다.

부처님의 가르침 가운데 '때 아닌 때 먹지 말라' 는 말씀이 있어
스님들은 오래전부터 간식이나 군입(군것질)은 하지 않는 불문
율이 있습니다.

옛날에는 보리밥이 끈기가 없어 빨리 배가 고팠고 밥 때가 되면
무슨 일이 있어도 절에 와서 찾아 먹던 버릇이 아직도 남아 있
습니다. 옛날에는 먹을 것이 없어서 그랬겠지만 요즈음 세상은
먹거리가 넘쳐나고 있는데도 가끔씩 서울에 일이 있어 가면 여
간 불편한 게 아닙니다. 식사시간이 지나면 가까운 절에 가서
먹기도 어려워 어쩔 수 없이 식당을 찾아야 하는데 승복을 입고
서 마음 편하게 식사할 곳이 드물기 때문입니다.

몇 년 전 인도여행을 하다 만난 외국인 몇 명도 철저한 채식주
의자들이었습니다. 여행하는 사람들은 아파서 한 곳에 머물게

되면 머문 시간만큼 금전적인 손해를 보는데 채식을 하면 피가 맑아져 감기나 몸살에 쉽게 걸리지 않기 때문에 더욱 선호하게 되었다고 합니다. 배낭족이었던 그들은 선진국일수록 신선한 야채가 비싸고 후진국일수록 육식이 비싸다고 했습니다. 선진국에서는 건강을 위해 채식을 즐기고 있기 때문입니다. 그들이 불교의 생명존중 사상을 알고 있는지는 모르겠습니다. 하지만 어떤 이유건 그들은 완벽한 채식주의자였습니다. 나는 그때 마음속으로 '서양에서도 이제야 채식의 중요성에 눈을 뜨는구나' 하고 느꼈습니다.

오래 사는 것도 중요하지만 건강하게 사는 일이 더 중요합니다. 건강은 건강할 때 지켜야 한다는 평범한 말을 간과하다 나중에 후회하게 되는 사람이 많습니다. 현대의학에서도 육식이 암 발생의 가장 큰 원인이라고 경고하고 있습니다.

외국에서는 자신의 건강을 위해서 순수한 채식주의자들이 꾸준하게 늘어나는 추세이며, 그들이 이용하는 식당은 몇 시간씩 줄서서 기다린다는 내용을 TV에서 본 적이 있습니다. 그런데 우리나라는 어떠합니까? 육식 위주의 메뉴만 즐비한 식당들뿐입니다. 그러니 성인병 때문에 병원이 초만원이고 잡식성으로 비대해진 몸 때문에 살 빼느라 정신없는 사람들로 넘쳐납니다.

먹는 것은 습관과 결심의 문제입니다. 평소의 식생활 습관을 개선해야 건강한 삶을 누릴 수 있습니다. 그러려면 탐식에 대한 자제력과 육식과 채식을 조화롭게 할 수 있는 자제력이 필요합니다.

문화와 종교에 따라 육식을 할 수도 있고 채식만 고집할 수도 있습니다. 사실 그것은 사람이 가지고 있는 하나의 선택권입니다. 하지만 건강을 생각하는 사람들이 많아지면 채식주의자를 위한 식당은 자연히 늘 것입니다.

승려의 몸인 나에게는 선택권이 없습니다. 그러다 보니 역시나 불편하고 당황스러운 것이 한두가지가 아닙니다. 채식전문 식당 찾기가 왜 이리 어렵습니까? 먹는 것에조차 다양성이 인정되지 않는 풍토가 괴롭습니다.

육식을 좋아하는 사람을 위한 식당이 있다면, 채식주의자를 위한 공간도 있었으면 하는 바람입니다.

절에 몸담은 이후 내가 처음 선방에 참선한 것은 하안거였습니다. 말 그대로 여름 3개월 동안 참선수행을 하는 시기지요. 어린 나이였지만 공부하러 가는 나의 마음은 가볍기만 했습니다. 어수선한 초파일 행사를 무사히 마쳤다는 안도감과 홀가분함도 곁들여져 있었습니다. 그러나 마음과는 달리 어깨에 짊어진 바랑은 한 가득이었습니다. 갈아입을 옷 한 벌에 가사장삼, 그리고 발우만 넣었을 뿐인데 우습게도 마음을 비우러 가는 참선 수행자의 보따리는 무섭기만 했습니다.

3개월 동안 참선하려면 미리 가서 자리를 잡아야 한다는 선배들의 충고로 닷새나 빨리 선방에 도착한 나는 몸을 풀며 하안거를 준비했습니다. 선배들의 경험담처럼 참선 공부를 시작하자마자 앓아눕기부터 하면 어쩌나 하는 걱정 때문이었습니다.

처음 해보는 선방 생활이다 보니 시작도 하기 전부터 이런저런 걱정이 많았지만 한편으로는 앉아서 참선만 하는 게 무에 그리 힘들까 하는 생각도 들었습니다. 그러나 열흘 정도 실제로 참선을 해보니 다리 저린 것은 아무것도 아니었고 어깨부터 시작해서 나중에는 온몸이 아파왔습니다. 그러다보니 큰스님이 정해 준 화두는 십만 팔천 리 밖에 있고 '내가 왜 이 고생을 하나? 그냥 걸망 메고 도망갈까?' 라는 궁리만 했습니다.

하지만 도인이 되겠다던 처음의 결심을 잊고 한 철도 못 견딘 채 도중하차 한다는 것은 자존심이 허락하지 않았습니다. 그래서 갈등은 모두 마음 장난 즉, 마장魔障이라고 생각하기로 했습니다.

너무 마음을 잘 다스려도 마장이라 했거늘 하물며 다른 마음으로 도망가려고 했으니 이것이야말로 마장이 아니고 무엇이겠습니까. 그렇게 생각하니 '내가 이제야 공부가 되는 구나' 하는 자신이 생겼습니다. '마장은 공부를 하고자 하는 사람에게 나타나는 것이지 공부를 안 하는 사람에게는 오지 않는다. 딴 마음 먹지 말고 화두나 열심히 챙기자' 는 마음으로 생각을 가다듬었습니다. 그렇게 두 달 보름이 지나니 날씨는 갈수록 더워져

포단(방석)은 땀으로 절었고 엉덩이는 온통 땀띠 범벅이 되었습니다.

해제일을 나흘 정도 남겨두고는 자유정진이 허락되어 그때까지 사용했던 이불과 방석을 차례로 세탁하고 대청소도 했습니다. 그것은 다음 철 공부하러 오는 스님들을 위한 배려일 뿐 아니라 치열했던 자신과의 전쟁터에 한 조각의 흔적도 남기지 않기 위해서였습니다. 마치 새가 허공을 날아가도 자취를 남기지 않는 것처럼 말입니다.

그 해 여름 하안거는 도인이 못 됨을 한탄하여 통곡하기보다는 끝없는 자아 성찰을 위해 하나의 계단을 오르는 사람들을 위한 시간이었습니다. 그것이 결코 끝나지 않을 계단일지라도 나는 큰 소리로 웃으며 그 계단을 올라갈 힘을 얻었습니다.

해제 당일 우리는 큰 스님의 해제 법문을 들으며 각자 자신의 공부를 스스로 점검하고는 처음 왔을 때처럼 바랑 하나 메고 서로의 갈 길로 떠났습니다. 가만히 앉아만 있어도 방석이 축축해지고 엉덩이에 땀띠가 가득해질 만큼 무더운 여름 삼 개월이나 동고동락하면서 정들만 하니 헤어져야 한다는 점이 아쉬웠습니다.

하지만 다시 각자 공부에 정진할 것을 생각하니 섭섭함보다는
기대감이 더 컸습니다.
그 기대감은 떠나야 할 시간이 되었을 때, 내가 다시 공부할 준
비가 된 상태이길 기원하는 마음이었습니다.

출가한 후 나는 불교성전佛敎聖典을 읽을 때마다 인도라는 곳에 대한 막연한 그리움이 생겨나기 시작했습니다. 그래서 나는 성지순례의 인연이 온다면 인도를 제일 먼저 찾겠다는 마음의 씨앗을 심었습니다. 그 후 수십 년이 지나 마침내 인도에 가게 될 기회가 찾아왔습니다. 나는 정말 신비한 경외심을 갖고 인도행 비행기에 올랐습니다.

델리에 도착한 후 비행기로 카트만두까지 이동, 카트만두에서 룸비니까지는 버스를 이용했습니다. 얼마나 넓은 땅인지 저녁 6시 반에 출발한 버스는 밤새워 달린 끝에 아침 7시가 돼서야 나를 룸비니에 내려놓았습니다.

2500여 년 전, 아기 부처가 태어난 룸비니 동산을 곧 직접 볼 수 있다는 사실은 나에게 깊은 감동을 주었습니다. 하지만 성지를 참배하기 위해서는 또 시골 버스를 타고 약 30분을 더 가야만 했습니다. 나는 문득 나보다 1500여 년 먼저 룸비니를 찾았던 또 한 명의 이국 선배, 현장법사를 떠올렸습니다.

당나라 시대를 살았던 중국의 현장·삼장법사도 룸비니를 찾을 때 우거진 숲 속을 며칠간 헤맨 끝에 아쇼카 왕의 석주를 보고서야 간신히 룸비니라는 것을 알 수 있었다고 합니다. 나는 현장법사처럼 울창한 숲을 헤매게 되는 것은 아닐까 조금은 기대에 부풀었습니다. 하지만 버스에서 내려 도착한 룸비니 동산은 그토록 울창했던 숲은 사라진 채 갈대만 허허롭게 흩날리고 있었습니다. 보리수나무 아래에는 마야데비 사당과 참배하는 여행자 몇 사람, 티베트 사원 하나가 관광객들을 맞고 있었습니다.

19세기에 와서야 발굴된 부처의 탄생지는 그렇게 소박한 모습으로 남겨져 있었습니다. 두 동강이 난 아쇼카 왕의 석주가 있었기에 이곳이 룸비니인 줄 겨우 알았다고 할 정도이니 불교 성지가 역사 속에서 얼마나 훼손되었는지 짐작할 수 있었습니다. 성전聖典에 묘사된 아름다운 룸비니 동산을 찾으려고 곳곳을 둘러보니 나름대로의 장관을 이루고 있었습니다.

이름 모를 들꽃들과 갈대숲이 어우러져 현란한 춤을 추는 모습은 감동 그 자체였습니다. 룸비니를 지키며 수행하는 수많은 승려들의 모습 역시 한 폭의 그림 같았습니다.

석가모니의 탄생은 인간의 무한한 가능성의 출발점이며, 천상천하 유아독존의 외침은 인류 자존의 선언입니다. 오로지 신들에게만 부여되었던 그 많은 권능을 인간에게 환원시키는 계기가 룸비니에서 시작된 것입니다. 열반이 이상의 경지라면 그것을 얻기 위해 첫째는 인간의 몸이 있어야 하고, 두 번째는 부처의 마음을 간직해야 합니다. 깨끗한 몸과 부처의 마음으로 자비를 실천하는 인내의 삶, 그 자체가 열반입니다. 바로 그런 열반의 경지가 시작된 곳이 룸비니입니다. 신의 힘이 아닌 인간 스스로의 자존으로 이루는 열반의 경지가 그곳에서 비롯되었습니다.

나는 룸비니에서 의백의 마음을 느꼈습니다. 무아의 상태를 경험하며 행복의 길을 보았습니다. 인간에게 부여된 힘은 욕심과 욕망이 없을 때에만 발휘된다는 사실을 깨달은 것입니다. 그리고 진정 우리네 중생이 갖춰야 할 자세를 알았습니다. 소박하지만 평화로운 룸비니의 풍경과 그곳을 지키는 수행자들의 겸허

한 표정에서 그것을 보았습니다. 그들에겐 욕심도 집착도 한낱 물거품에 지나지 않는 듯했습니다. 그 속에서 나는 여백의 상태로 늘 비어 있는 사람만이 행복을 찾을 수 있음을 알았습니다.

대-한민국!

2002년 여름, 필승 코리아가 온 세상을 붉게 물들였습니다. 동양에서 최초로 열리는 월드컵의 열기로 온 나라가 떠들썩했습니다. 유사 이래 이처럼 우리 민족이 함께 염원하고 함께 기뻐한 적이 없다고 하니 정말 대단한 일이 아닐 수 없었습니다.

한데 그 해 6월 나는 오뉴월엔 뭐도 안 걸린다는 감기에 걸려서 한 달 내내 고생을 하며 뜨거운 열기를 다르게 겪었습니다. 여섯 번이니 병원에 갔는데 약 기운이 떨어지면 다시 콧물이 나오는 것의 반복이었습니다. 그래도 몸이 불편한 사람들을 생각하면 감기 한번 걸려서 아프다는 엄살을 차마 할 수가 없습니다. 말이 나왔으니 말인데, 요즘 사람들은 참으로 건강에 관심이 많습니다.

건강을 위한다며 흉측한 것도 기꺼이 먹고, 좋다는 약은 죄다 사들이는 등 보약이다 운동이다 해서 보통 난리들이 아닙니다. TV를 켜거나 거리를 나서면 이 상품을 꼭 사야 한다는 등 저 옷을 입어야 예쁘다는 등 온통 사람들의 마음을 현혹시키는 것들로 가득합니다. 그러다 보니 운동을 해서 몸매는 좋아지고 보약을 먹어서 몸은 건강해졌을지 모르지만 정작 정신력은 점점 허약해지기만 합니다. 그러나 미디어의 유혹은 너무도 강해 유혹을 떨쳐버리기가 어렵습니다.

참으로 어리석게도 우리네 현대인은 하나는 알고 둘은 모르고 있습니다. 숨넘어가면 썩어 없어질 몸뚱이에는 별걸 다 먹이면서 마음의 건강을 위해서는 전혀 신경을 쓰지 않는다는 것입니다.

허약해진 정신에는 번뇌가 많아지고 번뇌가 많아지면서 자제력은 점점 줄어만 갑니다. 필요 이상 살이 쪘다며 다이어트를 위해 운동을 하고 별 노력을 다하면서도 과도하게 늘어난 번뇌를 줄이겠다고 노력하는 사람은 없습니다. 육체적인 살만 뺄 것이 아니라 마음의 번뇌까지도 다 빼야 합니다.

별의별 학원이 다 있지만 번뇌를 이겨내는 학원이 있다는 말은 못 들었습니다.

병들기 전 예방이 중요한 것처럼 마음 역시 병든 다음에는 치료가 어렵습니다. 병든 마음은 조그만 일에도 스트레스를 받고, 그것이 쌓여 몸과 정신이 다 황폐해집니다. 조금만 여유를 가지면 그토록 아파하지 않아도 될 것을 왜 그렇게 번뇌를 쌓으며 살아가고 있는 걸까요?

앞으로만 가지 말고 잠시 제자리에 서서 하늘을 올려다보는 시간을 가져보십시오. 육체의 편안함을 위해 마음의 병을 만들면서까지 집착하는 사람은 결코 행복할 수 없습니다. 지금 내가 어디에 서 있는지 뒤돌아보는 여유를 느껴보길 바랍니다.

높은 나무 위만 바라보고 살면 결코 행복할 수 없습니다. 큰 나무에 가려 있어도 가끔은 든든하고 생기 있게 살아가는 작은 나무를 볼 줄 알아야 합니다. 나아가 햇살이 없어 시들어가는 풀 한 포기도 돌볼 줄 알아야 합니다.

월드컵도 그렇습니다. 크나 큰 함성 뒤에 소외받고 고통 받는 사람들이 더 많은 이 땅의 현실을 돌아봐야 합니다. 건강한 사람들의 월드컵뿐만 아니라 장애인들의 스포츠 재활 프로그램인 '세계 보치아 경기 선수권대회(뇌성마비인의 월드컵)' 가 열린다는 것도 기억해야 합니다. 그들을 위해서도 대한민국을 크게 외치며 박수를 보내야겠습니다. 그들도 우리 땅의 우리로 살아가며 똑같이 호흡하는 이웃이니까요.

마음에 봄볕을
준비하며

겨우내 동면했던 세상의 만물이 기지개를 켜고 있는 봄입니다.
물오른 나무는 잠시 감추어 놓았던 푸르른 잎들을 뿜낼 준비를
하느라 여념이 없습니다. 회색빛이었던 나무는 이제 녹색을 뿜
어내며 봄빛으로 산천을 물들일 것입니다. 천하 만물은 계절에
맞추어 살아가도록 정해져 있으니 봄의 따뜻한 햇살을 그리워
함이 당연합니다.

모든 동식물이 자기만의 색채로 단장하느라 여념이 없는 봄에
도 우리네 불제사는 삭발과 회색만을 고집합니다. 회색은 부서
지고 무너져버린 죽은 색입니다. 세상에 태어나 한번 죽었다고
생각하는 사람만이 입을 수 있는 색상입니다. 한번 죽은 사람은
세상에서의 허황된 즐거움이나 유혹에 마음이 흔들려서는 안
됩니다. 이러한 부정이 있고 난 연후에 진정한 긍정이 옵니다.

바로 자연 그대로 사는 법입니다. 그러므로 스님들은 산속에서 살아갑니다. 세상보다 빨리 다가오는 변화무쌍한 계절을 바라보며 육체에 대한 애착을 끊습니다. 무성했던 잎들이 떨어지고 다시 돋아나는 현상 속에서 속세의 인연을 끊고자 노력합니다. 그리고 해탈을 염(念)합니다.

나는 산속에서 자연과 하나 되어 눈에 드러나지 않는 옷을 입고, 그 어떤 색과도 어울리는 삶을 살고 싶습니다. 눈부신 봄볕을 받으면 따뜻함을 느끼고 회색빛 몸체에서 봄 색이 피어나듯 꽃을 피우고 싶습니다. 모질고 질기던 추위가 봄기운에 녹아 없어지듯 끊이지 않는 모든 망상들이 사라지도록 노력합니다.

새싹을 피울 때를 기다리는 나무들처럼 사람들도 세상을 아름답게 변화시킬 수 있는 불성(佛性)을 가지고 있습니다. 불성의 꽃을 피우기 위해서는 움트는 것부터 차례로 배워야 합니다. 마음의 번뇌를 하나씩 없애며 새싹을 준비하는 과정이 필요합니다. 이제 진달래와 개나리가 바로 앞에서 기다리고 있습니다. 우리의 마음에도 봄볕을 준비해야겠습니다.

환한 얼굴로 봄을 맞아야겠습니다.

가을이 잘 익었습니다. 무더웠던 여름을 이겨낸 결실이 진실하게 영글었습니다. 뿌리고 심은 노력이 기쁨으로 돌아오는 계절입니다. 수확의 계절, 모든 것이 풍요롭게 보입니다. 풍성한 가을걷이를 한 사람이 맞이하는 겨울은 따뜻합니다. 그런 의미에서 아직까지 추수를 기다리는 수험생들에게 참으로 수고한다는 위로를 하고 싶습니다. 그러나 앞으로도 넘어야 할 산과 강이 우리를 기다리고 있습니다. 이제 시작인 셈입니다.

세상은 공평합니다. 누구에게나 도전과 기회가 있습니다. 지금까지 후회 없이 공부해왔다면 노력한 대가는 분명히 있을 것입니다. 바라던 대학에 합격하지 않더라도 힘들여 심은 씨앗들은 평생을 살아가는 데 훌륭한 양분으로 남을 것입니다.

포교원에서는 올해 새 학기가 시작될 때부터 입시생들을 위하여 기도해왔습니다. 자녀들의 무난 합격을 바라는 어머니들의 정성도 이어져 왔습니다. 공든 탑은 무너지지 않습니다. 뿌리고 노력한 만큼 실력을 발휘할 수 있을 것입니다.

땀 흘린 것보다 더 많은 욕심을 내지만 않는다면 바라던 바를 이룰 수 있습니다.

공부 잘하는 사람이 좋은 대학에 들어갑니다. 그러나 실력 없는 사람은 좋은 대학에 들어가도 오래 견디지 못할 것입니다. 그런 사람에게 그곳은 지옥입니다. 자기가 일하기 싫은 곳이 바로 지옥이기 때문입니다. 또한 자신의 능력에 맞지 않는 공부도 고역입니다.

통도사에 계시는 큰스님 한 분은 특별한 날에만 용맹 정진하는 사람들을 못마땅해 하십니다. 소처럼 한 발짝씩 힘 있게 걸어가는 정진이 더 중요하지, 며칠 밤을 지새운다고 공부가 되느냐고 호통 치시곤 합니다.

인간 세상은 차별의 세계라서 높낮이가 분명하게 존재하지만 그 높낮이는 물결처럼 변화합니다. 항상 같은 자리에 머물 수는 없습니다. 낮은 곳이 고통의 세계라면 높은 곳은 즐거움의 세계입니다. 단시간의 짧은 노력으로 낮은 곳에서 높은 곳으로 올라

갈 수는 없습니다.

'뿌린 만큼 거둔다' 는 참으로 쉬운 법인데도 아직 세상은 그것을 깨닫지 못합니다. 참고 인내한 열매는 달다는 말은 모두 알고 있지만 사람들은 그런 수고는 하지 않고 열매만 원합니다. 과정을 무시하고 결과만 바라는 사람들의 속성 때문입니다.

향을 켜는
이유

세상에서 진심으로 올리는 향만큼 아름다운 것이 있을까요? 향 하나를 피워놓고 피어오르는 것을 보노라면 삼매三昧(순수한 집중을 통하여 마음이 고요해진 상태)에 빠진 듯 황홀합니다.

솟아오르다 다시 내 몸을 향해 내려오는 그 향기가 그윽합니다. 향은 자신의 온몸을 태워 법당을 가득 채우고 밖으로 퍼져나가 세상을 더 아름답게 합니다.

향의 미묘함은 그것을 아무리 막고 감추려 해도 감출 수 없다는 데 있습니다. 그래서 향을 피워놓고 기도하는 사람에게는 향기가 배어 있습니다. 마음 씀씀이 하나와 말 한마디가 바로 미묘한 향이 되는 것입니다.

향을 가까이 하는 사람은 아름다움이 묻어나고 옆 사람까지 행복하게 만듭니다. 그것이 바로 향을 피우는 이유입니다.

부처 앞에 피워놓은 향처럼 우리는 남을 위해 자신을 태우는 향
이 되어야 합니다.

나는 때때로 향나무가 되어 선을 위해 온 몸 바쳐 태워버리고
온 세상을 우리 몸에서 나는 향 내음으로 가득 차게 만들고 싶
습니다. 한 번 맡기만 하면 마음이 청정해지고 모든 번뇌를 가
라앉히는 감로향이 되고 싶습니다. 그러기 위해서는 봉사하고
희생하는 삶을 살아야 합니다.

남을 먼저 생각하는 마음이 향의 의미입니다. 향은 말이나 글이
필요 없는 실천에 의해 피어납니다. 내가 향이 된다면 내 이웃
은 그만큼 행복을 누릴 것입니다. 내가 먼저 향이 됩시다. 그렇
게 사는 삶이야말로 가장 향기로운 아름다움이 될 것입니다.

회향의
삶을
위하여

우리가 욕심내는 모든 것들은 찰나와 함께 사라져버릴 헛된 신기루입니다.
그런데도 우리는 부와 명예, 그리고 출세의 썩은 새끼줄을 잡으려고 발버둥 칩니다.
욕심과 집착으로 우리의 삶을 낭비하는 어리석은 죄를 짓지 말아야 합니다.
욕심의 번뇌를 태워버리면 바로 타인의 행복과 나의 행복을 얻게 됩니다.

전생의 빛 / 집은 지붕부터 지을 수 없다 / 아름다운 향기만 남을 때까지
버리고 비우는 연습 / 늙는 유전인자와 죽음의 두려움 / 흐르는 물처럼
우리는 어떤 길을 향해 가고 있습니까 / 첫눈의 인과떡못
자그마한 일에 만족하며, 감사하며 / 한 해의 끝은 회한

윤달이 들었던 지난 신사년에도 연화사에서는 49일간 지장 기
도를 하며 생전예수재를 봉행했습니다. 생전예수재는 과거생
에 지은 빚을 갚고 내생에 갈 길을 닦는 의식입니다. 우리는 빚
을 지지 않고는 살 수 없습니다.

쌀 한 톨에도 알맞은 햇빛과 바람 그리고 비가 필요합니다. 더
욱이 소출을 많이 하려고 치는 농약에 무수한 생명들이 죽어서
한 알의 쌀이 생산됩니다. 거기에 많은 유통 과정의 땀들이 더
해져야 비로소 우리의 밥상에 오르게 되는 것입니다. 그런 수많
은 빚을 져야만 우리는 생명을 유지할 수 있습니다.

사바세계는 수많은 죄악을 지으며 살아가야 하는 게 섭리입니
다. 날씨가 좋은 날 저녁에 운전을 하다 보면 불빛에 현혹된 나
방들이 수없이 부딪혀 죽습니다. 살생하려는 마음은 티끌만큼

도 없는데 어리석은 뭇 생명들은 전생에 지은 죄악 때문에 영문도 모르고 죽어갑니다. 그래서 나는 참회의 염불을 매일매일 올립니다. 죄 많은 이 중생이 살아오면서 알게 모르게 죽인 생명들, 억겁의 윤회에서 그 죄악이 마지막이 되게 하고 죽은 생명들의 복을 기원하며 참회합니다.

이렇듯 죄를 짓지 않고는 살 수 없는 세상에서 금생에라도 복을 닦아놓지 않으면 다음 생을 어떻게 기약하겠습니까?

나 역시 전생의 빚이 삼만 관 정도 되는데 만 관이면 지금 돈으로 환산해 몇 백억씩 될 것입니다. 그렇듯 전생에 지은 빚이 많으니 부지런히 갚아야 합니다. 지금 갚지 않으면 다음 생에서는 그 두 배가 넘는 노력을 해야만 갚을 수 있기 때문입니다.

더 늦기 전에 전생의 빚을 갚는 봉사와 헌신을 실천해야겠습니다.

집은 지붕부터
지을 수 없다

우리의 나태와 탐욕은 모래시계처럼 하염없이 아래로 흘러내리기만 합니다. 화려하고 넓은 평수의 아파트는 단단하지만 정작 그곳에 사는 우리들은 하염없이 주검을 향해서만 내려가고 있습니다. 지금 서 있는 위치라도 지킨다면 다행이지만 그런 사람도 드문 현실입니다.

전생에 지어놓은 복을 곶감 빼먹듯 하나씩 자꾸만 소비한다면 조만간 모두 없어져버릴 것입니다. 우리는 언제까지 욕심과 집착에 매달리며 인생을 살아야 할까요?

우리가 욕심내는 모든 것들은 찰나와 함께 사라져버릴 헛된 신기루입니다. 내가 서 있는 자리가 모래성은 아닌지 자기 성찰의 시간이 필요합니다. 그런데도 우리는 부와 명예, 그리고 출세의 썩은 새끼줄을 잡으려고 발버둥 칩니다.

만약 이 세상이 단단한 흙과 돌로 이루어져 있다고 생각한다면 큰 오산입니다. 꼼꼼히 살펴보면 안전한 곳은 단 한 군데도 없음을 알게 될 것입니다. 넓은 아파트와 튼튼한 승용차, 그리고 명성과 권력도 유한한 뗏목일 뿐입니다.

그렇다면 우리는 무엇에 의지해야 할까요? 그것은 다름 아닌 무소유의 넉넉한 자기완성입니다. 자기완성의 노력만이 우리를 제대로 받쳐줍니다. 집을 짓는 데 지붕부터 올릴 수는 없는 것처럼 노력에도 순서가 필요합니다. 바닥을 꼼꼼히 다진 후에 기둥도 세우고 대들보도 올려서 차근차근 집을 지어야 합니다.

그러나 사람들은 노력은 하지 않고 오직 집만을 원합니다. 수고로움과 시간은 생략한 채 완성품만 찾으며 인연과 시절을 탓하며 다시는 집 지을 생각조차 하지 않습니다.

살아가며 진정 중요한 것은 겉으로 보이는 화려함이 아니라 내면의 주춧돌을 차근차근 다지는 것입니다. 이는 바로 무소유의 이치를 깨닫는 것과 같습니다. 겉치레의 화려함을 보다 진정 가치 있는 일에 전념하는 것, 그것이 무소유의 가르침입니다. 더 이상 욕심과 집착으로 우리의 삶을 낭비하는 어리석은 죄를 짓지 말아야 합니다.

아름다운 향기만
남을 때까지

생활 불교를 기치로 포교원이 개원한 지도 벌써 꽤 오랜 시간이 지났습니다. 산속에서만 살다가 신도시에 오니 처음엔 만나는 사람마다 낯설었지만 이젠 정도 많이 들었습니다. 매일 만나던 불자의 모습이 하루라도 보이지 않으면 궁금한 마음에 이웃에게 물어보는 것이 일과가 되어버렸습니다. 또 볼일이 있어 밖에 나가면 서로 알아보고 인사를 나눌 사람이 있으니 도심 속의 포교당에 대해서 다시금 생각하게 됩니다.

부처님의 가르침은 진리에 대한 탐구와 깨달음이기에 많은 중생들과 함께 더불어 공유해야 합니다. 아무리 훌륭한 진리라도 세상 사람들이 이해하지 못한다면 무슨 소용이 있겠습니까?

사람이란 모름지기 행복해져야 할 의무가 있습니다. 행복은 노력해야 합니다. 행복은 마음을 깨끗이 하는 데 있습니다.

행복한 삶을 위한 마음 수행을 어찌 멀리할 수 있겠습니까? 그렇다고 자신의 행복을 위해서만 노력하면 안 됩니다. 그저 개인적인 소원들을 성취하려고 기도한다면 이 얼마나 이기적인 마음입니까?

개인주의는 어리석음에서 나왔고, 그것은 결국 욕심에 뿌리를 두고 있습니다. 욕심은 번뇌입니다. 번뇌는 마음에도 있지만 우리들 몸에도 있습니다. 마음의 때는 빗자루로 깨끗이 쓸어버려야 합니다. 그리고 몸의 습관들은 불같은 용맹정진으로 모두 태워버려야 합니다. 욕심의 번뇌를 태워버리면 바로 타인의 행복과 나의 행복을 얻게 됩니다.

모두들 불교는 깨달음의 종교라고 알고 있고 또 그렇게 공부하고 있습니다. 그렇다면 무엇을 깨달아야 할까요? 한마디로 남을 위한 마음가짐을 가지면 됩니다. 남을 위한 마음가짐과 행동은 결국 자기 자신에게 이로우며 남에게도 자연히 이로움을 나누어주게 됩니다.

나는 그런 마음으로 절을 합니다. 몸에 붙어 있는 나쁜 습관을 태워 작은 불씨라도 일으키려고 이 몸이 부서져라 절을 합니다. 백 배, 천 배, 만 배 불꽃이 일어날 때까지 절을 하다 보면 땀은

비 오듯 하고 자연히 몸속에 있는 독한 불순물들은 배출됩니다. 그러면 마음속에 있는 욕심이라는 불순물까지도 자연히 염소가 되는듯 합니다. 그 후엔 정녕 아무것도 없는 여백의 상태가 되고 아름다운 향기만 남을 것입니다. 그러기 위해 나는 작은 욕심이 생길 때마다 마음을 다해 절을 합니다.

삶은 구름이 한 조각 모이는 것이요, 죽음이란 구름이 한 조각 흩어지는 것이라고 했습니다. 그런데 우리는 숨 한번 멈추면 자연으로 산화해버릴 몸뚱이를 보물처럼 떠받들며 살림살이를 장만한다, 재산을 불린다, 좋은 음식이나 좋은 옷을 마련한다고 아등바등 합니다. 때가 되면 산과 화장터에 갖다 버릴 허망한 육신을 위해 얼마 남지 않은 목숨을 걸고 매달립니다.

욕심의 그림자를 잡으려고만 하니 그림자는 끝없이 도망갈 뿐입니다. 이렇듯 허깨비를 좇기 위해 한 생을 낭비하고 있으니 아쉬운 일이 아닐 수 없습니다. 이제 벗어던짐의 깨달음을 얻어야 할 때입니다. 허망한 욕심을 버리고 집착을 외면해버려야 합니다. 그러면 그때부터 자연스레 행복한 삶의 주인이 됩니다. 주인된 삶을 살려면 지금껏 살아온 삶의 방식을 버려야 합니다.

지금까지 살아온 삶의 대부분이란 육신을 위주로 한 인생이었습니다. 무엇이든 가지려고만 했던 삶이었습니다. 그러나 이제 그런 욕심의 삶을 버려야 할 때입니다. 그냥 먹고 마시는 것으로 만족했던 우리의 삶을 진리 탐구의 자세로 바꾸어야 합니다. 쓰레기를 버리는 일은 누구나 할 수 있습니다. 자신에게 필요치 않은 것을 버리기는 쉽습니다. 그러나 진정한 행복을 위해서는 목숨처럼 소중한 것들도 버릴 수 있어야 합니다. 버리는 것을 주저하면 영원한 것을 얻지 못합니다.

지금 이 순간 우리에게 무엇이 영원한 것인가 깊이 생각해야 합니다. 부처의 말씀 중에 '우리의 삶은 정법이라는 것도, 나중엔 진리라는 것도 버리고 떠나야 할 뗏목' 이라는 말이 있습니다. 하물며 세상의 허황된 것과 사람들을 들뜨게 하는 비법이야 두말 할 것도 없습니다.

그런데도 우리는 오줌, 고름 가득한 이 육신을 다듬고 광내는 데 열중하고 있으니 망상 중에 큰 망상입니다.

진정한 행복을 찾기 위해서는 무소유의 사고방식을 몸에 익혀야 합니다. 출가 수행자가 되라는 소리가 아닙니다.

어느 날 갑자기 애착하던 것들로부터 소외감을 느낄 때 그 아픔을 어떻게 감내하느냐가 문제입니다. 버릴 수 있을 때 버리면 즐겁지만 소중한 것들로부터 버림받을 때는 고통입니다. 지금 버리지 않으면 언젠가 그 소중한 것들로부터 버림받고야 말 것입니다. 지금부터 하나씩 버리는 연습과 마음을 비우는 습관을 익혀야 합니다. 그러면 어느 한순간 텅 빈 허공처럼 우주의 광활함이 눈앞에 펼쳐져 우리를 황홀하게 할 것입니다.

늙는 유전인자와
죽음의 두려움

사람은 세상에 나올 때 늙는 유전인자를 가지고 태어난다고 합니다. 그래서인지 죽음에 대해 항상 두려움을 느낍니다. 기다리지도 않았는데 그 두려움이 지금 이 순간 찾아온다면, 우리는 어떤 행동을 할 수 있을까요? 죽음의 절박함이 종교적 믿음으로 승화되기도 하지만 그것을 극복하지 못한 사람은 마침내 죽음을 눈앞에 맞이하고서야 후회의 눈물을 흘립니다. '인생은 연습이 없다' 는 말을 너무 쉽게 잊어버린 결과입니다.

인생은 태어남, 머무름, 변해감, 흩어짐으로 나눌 수 있습니다. 그것은 누구나 알고 있는 진리이고 지금 이 순간에도 시간은 쉼 없이 흘러가고 있습니다. 그런 줄 알면서도 우리는 죽음이 그리 빨리 오지는 않을 거라 생각하며 살아갑니다.

죽음이 너무나 두려운 존재이기 때문에 온갖 핑계를 대며 애써 외면하는 것입니다. 하지만 누구에게나 틀림없이 찾아오는 저승사자들에게 그런 변명들이 통할 리 없습니다.

어떤 사람의 인생을 놓고 잘살았는지 못살았는지 판단하려면 죽을 때의 모습을 보라고 했습니다. 죽음이 머리 위에 있을 때 고통과 불안, 초조와 두려움 없는 평온한 마음을 가질 수 있다면 행복할 것입니다.

삶과 죽음의 경계에서 자못 평화로울 수 있다면 이미 초연한 차원의 세계를 이룬 것입니다. 그 초연한 마음은 부처의 마음과 같습니다. 바로 근심, 걱정을 여읜 상태입니다. 그 힘은 모든 두려움을 버리고 지극히 고요한 상태에서 샘솟습니다.

우리들의 두려움은 무지에서 생겨납니다. 몽상에 사로잡혀 우리는 헛것을 두려워합니다. 태어남과 죽음은 모두 스스로 만들어낸 허상입니다. 스스로 만든 허상을 가지고 우리는 다시 지옥과 극락의 모습을 만늘어냅니다.

이제는 모든 상을 버리고 본성의 자리로 돌아가야 합니다. 모자람에는 보충을, 어리석음에는 경책을 하면서 허황된 것들로부터 탈출해야 합니다. 공포는 누군가를 미워하는 마음, 악의에 찬 마음 그리고 어리석음으로부터 자라나는 것입니다.

깨끗한 행위, 깨끗한 생활을 한다면 두려움은 사라집니다.
죄 지은 자만이 두려움에 떠는 법입니다.

도는 높은 곳에서 낮은 곳으로 막힘없이 흘러 마침내 바다에 이르는 물과 같습니다. 도는 흐르는 물과 같아 장애물이 없어야 비로소 기능을 다할 수 있습니다.

부처의 가르침은 오로지 자신의 마음을 밝히는 데 주력하고 있습니다. 그 마음을 찾아가는 길이 바로 도道입니다. 그러나 우리는 도에서 멀리 벗어난 모습으로 살고 있습니다. 이제 우리는 그 도가 어디에 있는지 찾아봐야 합니다.

과연 도는 어떻게 찾을 수 있을까요? 한마디로 도는 욕심을 없애야 얻는 것이지, 욕심을 통해서 얻어지는 것이 아닙니다.

도는 만족하는 삶에서 얻어지는 것이지 애착에서 얻어지는 것이 아닙니다. 또한 도는 시끄러운 곳을 벗어남으로써 얻는 것이지 남과 어울려 떠드는 곳에서 얻어지는 것이 아닙니다.

아울러 도는 부지런함에서 얻어지며 게으르면 얻을 수 없습니다. 도는 산만한 마음이 아니라 안정된 마음에서 얻어지는 것입니다. 또한 도는 어리석음이 아닌 지혜를 가져야 얻을 수 있습니다.

몸은 마음을 담고 있는 그릇이고, 마음은 그릇에 담긴 물과 같습니다. 그릇이 흔들리면 담긴 물은 저절로 파도를 이루게 됩니다. 산만한 모습은 어지럽게 출렁이는 물결과 같아서 자신을 비추지 못합니다.

나와 같은 수행자도 공부를 하다 보면 '내가 부처가 되어야 하겠다'는 마음이 생깁니다. 이것은 욕심이며 장애입니다. 도를 얻은 사람의 마음은 넉넉합니다. 도를 얻은 사람처럼 마음공부를 하기에 가장 적합한 상태는 고요히 앉아 명상을 통해 나의 마음 상태를 깊이 관찰하는 것입니다. 끝으로 도는 말이 아니기에 입으로 천만 번을 이야기해도 결국은 자기 것이 되지 않습니다. 행함으로 인하여 얻어지는 것입니다.

큰절에는 대부분 장경각이 모셔져 있습니다. 장경각은 부처의 말씀들을 경판으로 엮어놓은 것입니다. 절마다 합하면 꽤 많은 분량입니다. 대체적으로 그 내용은 모든 중생들도 성불 할 수 있다는 희망이 주류를 이루고 있습니다. 수행을 통해 이루는 아름다운 불국토의 완성을 그리고 있는 것입니다.

그러나 우리의 사는 모습은 그렇지 못합니다. 모든 사람들은 부처의 성품이라는 위대한 씨앗을 가지고 있으면서도 과거 생으로부터 이어온 악업에 우리 자신을 얽어매고 있습니다. 무슨 짓을 해서라도 많은 돈을 벌어야겠다는 천민자본주의가 어린 아이들의 가슴속에까지 자리잡고 있습니다. 조금만 험해도 진리를 거부하고 쉬운 길만 찾아다닙니다.

끝없는 욕망에 물들어 씨앗은 심지도 않고 결과만 바라는 사람들이 많습니다. 눈앞의 욕심에 어두워 진리의 길을 보지 못하고 무간의 고통에 사로잡힌 이들이 너무도 많습니다. 우리의 삶은 이렇듯 한심하기만 합니다.

그래도 부처의 경전들이 '모든 인간은 성불할 수 있다' 는 희망으로 이루어져 있기에 다소나마 위안이 됩니다. 그 희망에 도달하기 위해서는 첫 번째가 현실을 직시해야 한다는 것입니다. 우리들의 삶을 왜곡시키지 않고, 있는 그대로 바라보면 바로 그곳에 길이 있습니다.

지금 우리들은 어떤 길을 가고 있습니까? 어제의 잘못을 참회하고, 오늘의 시작에 감사하며 지어놓은 공덕을 타인에게 나눠주는 삶을 살고 있는지 자문해 보아야 합니다.

첫눈의 인과因果

첫눈이 내렸습니다. 겨울이 되고나서 언제쯤 함박눈이 내릴까 하고 오래전부터 기다렸는데 마침내 어김없이 첫눈이 내렸습니다. 계절의 변화는 시간에 맞춘 듯 틀림이 없습니다. 아마도 우주의 법칙이기 때문이겠지요.

어렸을 때 처음 절에 들어와 배운 것이 인과의 법칙입니다. 그 법칙은 언제 어디서나 적용되기에 한 번도 어긋난 적이 없습니다. 자연의 법칙이 순환되듯 사람에게도 인연의 법칙은 깊은 연관관계를 가시고 수레바퀴 돌 듯 돌고 있습니다.

심은 대로 거둘 수 있는 것은 씨앗과 대지의 파기될 수 없는 약속입니다. 그 약속이 지켜지지 않으면 사람들은 커다란 불신을 가지게 됩니다. 자연에 대한 불신보다 더 큰 불행은 없을 것입니다.

요즘 외국 영화들은 과거와 미래를 넘나드는 내용을 소재로 사람들의 상상력을 자극합니다. 타임머신을 타고 과거를 마음대로 지워버릴 수 있는 것은 소설이나 영화에서만 존재합니다. 만일 현실에서 그런 일이 실현된다면 인류에게 큰 혼란이 일어날 것이고 인류는 뿌리 없는 미아가 될 것입니다.

얼마 전 시골의 새벽하늘에서 많은 별들을 보고 다시 한 번 놀랐습니다. 차가운 바람에 세수한 별들이 하늘 촘촘히 박혀 있는 것을 보니 반가웠습니다. 오래전 잠 못 이루며 찾아 헤매던 별자리들이 하나도 흐트러지지 않고 모여 있었습니다.

어렸을 적에는 목마르면 눈도 그냥 먹었는데 요즈음은 내리는 눈 속에는 까만 매연들이 쌓입니다. 발전하는 경제만큼 더 많은 연기들이 공장에서 뿜어져 나오고 이제 맑은 하늘을 보기 어렵습니다. 그러기에 대부분의 사람들은 하늘을 보는 것을 포기하고 살아갑니다.

우리는 오로지 물질적인 풍요만을 위해 환경 파괴를 일삼아 왔습니다. 깨끗했던 강물은 이제 손조차 담그기가 겁납니다. 우리가 뿌린 씨앗들이 공장 굴뚝냄새를 맡으며 자라 다시 우리의 몸속으로 돌아옵니다. 인과는 역시 틀림없이 적용됩니다.

촘촘히 박힌 시골 하늘의 별들을 바라보며 부디 1백 년 후에는
하늘이 맑게 남아있길 희망했습니다.

자그마한 일에
만족하며, 감사하며

사람들은 제각기 바라는 바를 한 두 가지 이상은 가지고 있으며 그것을 이루기 위해 열심히 살아가고 있습니다. 세상에는 조그마한 것에서부터 꿈같이 황당한 것에 이르기까지 수없이 많은 소원들로 가득합니다. 하지만 가만히 생각해보면 그 소원들의 대부분은 아무 쓸모없는 욕심입니다. 그것을 아는 이는 많지 않습니다. 남들도 다 가지고 있으니 그것이 왜 필요한지 깊이 생각지도 않은 채 소유욕을 키워갑니다.

원하는 것이 바로 눈앞에 있는데, 손을 내밀면 잡힐 것만 같은데, 여기에서 그만두면 지금까지 해오던 것이 물거품이 될 것만 같아서 앞으로, 앞으로만 나아가는 인생들…….

나는 그들을 보면 측은함에 눈물마저 글썽거리게 됩니다. 한발 옆으로 물러서서 보면 더 많은 것을 볼 수 있는데 그럴 여유조차 배부른 소리라고 일축하며 뛰어가는 사람들은 무엇을 향해 그리 열심을 다하는지…….

지금 쉬어가지 않고 나중에 지쳐 쓰러지면 그땐 이미 늙고 병들어 돌이킬 수 없는 후회를 할 터인데, 그 후회를 어떻게 감당하려는지……. 무엇을 얼마만큼 구하고 얻어야만 만족할 수 있을지……. 그런데도 제동장치가 고장 난 자동차처럼 죽기 살기로 달려가는 모습들을 흔히 볼 수 있습니다.

빈궁함을 견디기 힘든 것이 현실이니 더 높이, 더 많이 얻기 위하여 무슨 짓이든 하고 보자는 한탕주의가 만연하고, 내 것 남의 것 가리지 않으며 주변 사람들까지 보증으로 낭패를 주고 있습니다. 과연 이런 삶을 살아야 합니까? 이제 스스로에게 반문해야 합니다.

복이 넘치면 도리어 재앙이 됨을 명심하여 자신이 지은 공덕만큼만, 스스로가 감당할 수 있을 만큼만 일을 벌려야 합니다. 재물과 권력은 바닷물과 같아서 마시고 마셔도 갈증을 해소할 수 없음을 깨달아야 합니다. 무슨 일이 있어도 끝장을 보고야 말겠다는 극단적인 생각은 자기 자신만 타락시킵니다.

욕심은 날카로운 칼날 위의 꿀과 같고 그 꿀맛을 본 사람은 달콤함을 잊지 못해 결국 자신의 몸뿐만 아니라 마음까지 상하게 됩니다.

풍랑을 만나 바다에 표류하면서 바닷물을 마신 사람은 결국 세상에서 가장 많은 물 위에서 목말라 죽는 아이러니를 연출하는 것입니다.

부처는 진정 우리들을 사랑하기 때문에 중생들이 바라는 소원을 모두 다 들어주지 않습니다. 만약 모든 이의 소원을 들어준다면 노력은 뒷전이고 오로지 부처만을 찾을 것이며, 또한 자신의 소원을 들어주지 않는다고 원망하는 마음이 생겨납니다. 따라서 부처는 중생이 필요한 만큼만, 그 사람의 그릇대로만 담아주십니다. 모자라지도, 넘치지도 않는 가장 아름다운 모양으로 담아주십니다. 진실로 아름다운 모습은 조그마한 것에 만족할 줄 아는 얼굴입니다. 그러므로 우리는 서로 웃으며 만날 수 있는 사람들이 더 많이 있기를 염원해야 합니다.

자신의 욕심이 아니라 모든 세상 사람들이 행복하기를 기원해야 옳습니다. 나는 매일매일 백팔 배 기도를 올리며, 매일매일 새로운 마음으로 원을 세우고 있습니다.

한겨울의 산사는 고즈넉합니다. 해도 빨리 지고 사람들의 발길이 끊기니 바람에 날리는 낙엽이 쓸쓸하기만 합니다. 옷깃을 세우고 예불 올리러 가는 스님의 발길에서 스산한 그림자가 보입니다. 이윽고 법당에 촛불이 밝혀지면 어둠은 잠시 뒤로 물러갑니다. 그리고 오늘 하루를 무사히 지낼 수 있었던 많은 인연에 감사하는 독경 소리가 그 여백을 메웁니다. 그 감사한 마음은 내일 다시 우리에게 되돌아올 것입니다. 그렇게 한해가 저물어 갑니다.

연말이 다가오니 새해 초에 다짐했던 많은 계획 중 작심삼일로 끝나버린 일들이 어찌나 많은지 만감이 교차합니다. 어려운 세상이다 보니 요즈음은 자신을 돌아볼 시간적 여유조차 없는 듯합니다. 뒤돌아볼 틈이 없으니 앞날은 더 어지럽기만 합니다.

참懺은 과거의 잘못을 뉘우치고 회悔는 다시는 잘못을 짓지 않겠다는 맹세입니다. 이제 일 년을 결산할 때입니다. 남에게 눈물을 흘리게 하는 것도 죄가 되지만 스스로 깨끗하지 못한 것도 큰 죄입니다.

냉철한 마음으로 자신이 행한 잘못된 일들을 반성해야 할 때입니다. 다시는 같은 잘못을 반복하지 않겠다는 결심도 있어야 합니다. 자기에게 유리한 변명도 하지 말아야 합니다. 잘못을 되풀이하다 보면 계속 이어지는 법입니다.

가난한 사람은 꼭 망할 일만 하고 부자는 꼭 돈을 벌 수 있는 일만 골라서 한답니다. 이는 실천 가능한 계획을 세우라는 교훈입니다.

앞뒤가 맞는 계획만이 성취될 수 있습니다. 이치에 어긋나는 일은 이룰 수가 없습니다. 사람들은 이 사실을 알면서도 욕심을 부립니다.

한해를 마감하며 다시 한 번 그 이치를 되새겨봅니다.

내 마음에
씨앗하나

행복은 마음에서 비롯된 새싹처럼 돌보는 주인에 따라 달라지는 것입니다.
씨앗을 보듬는 마음으로 마음을 돌보는 것이 행복을 찾는 바른 방법입니다.

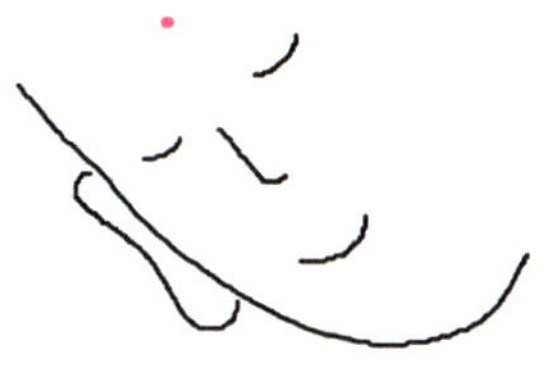

원래 스님들끼리도 속가 나이, 이름, 출가하게 된 사연을 서로
묻지 않는 불문율이 있습니다만, 나는 아주 특별한 인연이 있어
출가를 했기에 몇 마디 하고자 합니다.

속가 부친이 열네 살 때쯤 어느 스님이 탁발을 나왔는데 보리쌀
을 한 되쯤 시주했답니다. 그런데 시주를 받은 스님은 자기와
같이 불교 공부를 하러 가기를 청하였고, 어린 나이에도 불구하
고 속가 부친은 따라나설 마음이 생겼다고 합니다. 하지만 조부
모를 봉양해야 한다는 의무 때문에 출가를 하지 못했습니다.

그러다가 세월이 흘러 내가 초등학교 4학년이 되자 속가 부친
은 그때의 사연을 들려주며 대신 출가를 권했고, 나 또한 그 제
안을 흔쾌히 수락했던 것입니다. 그 후 부친과 스님과의 약속을
대신 이뤄드려야 한다는 사명감으로 나는 수계를 받고 서툴게

나마 절에서 생활하는 스님이 되었습니다. 출가 후 나는 절의 법도에 따라 일 년 만에 속가 집에 가게 되었습니다. 12살의 나에게 일 년은 너무나 긴 시간이었습니다. 마침내 영원히 오지 않을 것만 같던 1년이 지나고 속가 집에 갔던 날, 그토록 보고 싶었던 부모님은 나를 보고 깍듯하게 예를 올렸습니다.

아들인 나에게 절을 하는 아버지의 모습이 얼마나 낯설던지 나는 어찌할 바를 몰랐습니다. 그런 나에게 아버지는 부디 하루 빨리 깨달음을 이루어 제일 먼저 당신을 제도해 달라고 간곡하게 부탁하셨습니다. 그 후로도 매년 속가 집에 갈 때마다 부친은 항상 같은 부탁을 하시며 기도하셨습니다. 당신이 이루지 못한 길을 걷는 아들은 이미 부친에게 아들이 아니라 스승이었던 것입니다.

하지만 부친이 마냥 아들에게만 가르침을 구하는 분은 아니었습니다. 비록 출가는 하지 못했으나 몸과 마음을 수행하는 것을 한 번도 게을리 하지 않았습니다. 때로는 텐트 하나에 쌀 한 말 가지고 산속에 올라가서 스님들도 하기 어려운 장좌불와(눕지 않고 늘 좌선하는 자세)를 하기도 하고 어떤 때는 일 년에 두 번이나 스님들이 하는 결제처럼 고행을 했습니다.

출가한 아들이 절에서 머무는 동안 부친은 늘 그렇게 홀로 수행을 하곤 했습니다.

그런 부친 덕분에 나는 수행하는 데 많은 도움을 받았습니다. 부친은 참선을 하다가 일어나는 번뇌에 대해서도 이야기해주었으며 그것을 어떻게 뛰어넘는지에 대해서도 자상하게 일러주었습니다. 그런 인연으로 어릴 때부터 제방에 다니면서 참선을 하게 되었던 나는 공부에 대해 일찍 눈뜨게 되었습니다.

부친 덕분에 부처님 공부를 하는 길이 어렵고 험해도 내가 가야 할 길임을 깨달았던 것입니다. 그렇게 스님인 나를 깨우쳐주던 속가 부친은 당신이 가실 날을 미리 알고 3개월 전에 미리 내생을 기약하는 인사를 남기기도 했습니다.

부처님 세상에서 같이 탁마하는 도반으로 만나자는 것이 부친이 남긴 마지막 유언이었습니다. 자식이 중이 되는 꼴은 못 보겠다며 결사반대를 하는 부모님 때문에 힘겹게 출가하는 스님들을 볼 때마다 나는 속가의 인연에 감사함을 느끼지 않을 수 없습니다.

지금도 나는 속가에 대해 마음을 놓고 삽니다. 출가한 승려에게 이보다 더 큰 복이 있을까요.

나는 과거 생에서부터 부처님과의 인연이 깊어 집안 모두가 환영하는 가운데 출가를 할 수 있었습니다. 그런 집에 골라 태어난 것 같아 마음이 가볍고 감사합니다. 지금도 시골에 계시는 모친은 혼자서 밥해 먹을 수 있을 때까지 자식 곁에 오지 않겠다고 합니다. 못난 저에게 누를 끼칠까봐 저어하는 마음 때문입니다. 그러나 모친의 연세가 더 드신다면 모시고 살고 싶습니다.

아들을 부처님께 기쁜 마음으로 시주한 공덕에 조금이라도 보답하는 마음으로 말입니다.

통도사는 고향 같은 곳입니다. 표충사에서 출가를 했지만 오랫동안 살아서 그런지 더욱 정감이 갑니다. 언젠가 방장方丈스님 (총림의 최고 어른 스님) 생신에 하례를 드리러 갔을 때 그곳은 벌써 꽃 소식이 만개해 있었습니다. 남쪽으로 내려갈수록 싱그러운 공기를 맡으며 이삼일 전부터 밤잠을 설친 보람을 느낄 수 있었습니다. 오랜만에 만나는 사형사제들과 도반들 생각만으로도 가슴이 벅찼습니다.

내가 도착했을 때 이미 전국 각지의 많은 도반들이 이른 새벽부터 기다리고 있었습니다. 그 모습을 보고 나도 큰스님이 되었으면 좋겠다는 생각을 했습니다. 중노릇하는 데 속가 경력은 별로 필요하지 않을 터이고 어렸을 때 계戒를 받고 스님이 된 나로서는 법랍法臘(불가에서 속인이 출가하여 승려가 된 해부터 세는 나이) 꽤 되었다는 생각도 들었습니다. 생각해보니 큰스님이 못 될 이유도 없었습니다. 하지만 그런 오만은 금방 깨져버리고 말았습니다. 오래된 생강은 맛부터 다르다고 하지만 절밥만 많이 먹었다고 큰스님이 되는 것은 아니기 때문입니다. 아마도 그런 식이라면 큰스님 못 할 사람은 없을 것입니다.

그래서 '이제는 공부해야겠다' 는 결심을 했습니다. 불자들을 아무리 많이 앉혀놓고 부처님 말씀 몇 번 들려주는 것이 능사가 아니라는 것을 깨달았습니다. '우리 스님' 하는 소리를 듣기보다는 수행하는 사람들이 구름처럼 많은 곳에서 한 치도 흔들림 없이 법문을 할 수 있는 것이 바로 공부라는 생각이 들었습니다.

스스로에 대한 굳건한 신념 속에서 나오는 자기 자신만의 사자후만이 모든 수행자들에게 해줄 수 있는 진정한 법문이 아닐까 생각합니다. 그렇지 않다면 그저 으쓱대는 마음으로 절 마당을 거니는 것에 불과한 것입니다.

어떤 이유에서 출가했는지는 중요하지 않습니다. 나 자신에 대한 당면과제는 생사해탈입니다. 누가 나 자신을 대신할 수 있습니까? 결국 나 자신만이, 할 수 있는 유일한 존재입니다.

항상 하는 말이지만 속인의 살림살이는 많이 모으고, 많이 가진 것을 잘 산다고 여기지만 출가 수행자는 가지고 있는 것을 하나씩 버려야 잘 사는 것입니다. 버리고 버려서 나중에 버릴 것이 더 이상 없다면 이 몸마저 버려야 하는 삶이거늘, 무엇을 아쉬워한단 말입니까?

허공은 텅 비어 있기에 이 우주도 담을 수 있다는 것을 깨달아야 합니다. 깊은 산속 바위굴을 법당으로 삼고 흐르는 냇물과 솔잎으로 주린 배를 달래며 공부하는 수행, 그런 삶은 젊고 힘이 있을 때 목숨 걸고 해볼 만한 일이 아닐까요? 나는 늘 그런 생각으로 공부하기를 바라며 노력합니다.

수행은 용광로와 같아 모든 번뇌들을 하나로 녹일 수 있으며 원하는 모양으로 만들어내기도 합니다. 누에고치가 실을 뽑아내듯 산산이 흩어져 있는 알음알이들을 참선을 통해서 일심으로 이어낼 수 있기를 기도합니다.

매일 많은 불자들이 항상 기도와 봉사로 절을 찾아옵니다. 좋은
일은 같이 기뻐하고, 어려운 일들은 함께 의논하곤 합니다. 그
러기 위해서는 말이 있어야 합니다. 물론 대화는 서로에 대한
이해를 증진시키는 필수적인 요건입니다. 하지만 그렇게 많은
말들이 필요한 것은 아닙니다.

부처는 정법안장正法眼藏(모든 것을 꿰뚫어 보고, 모든 것을 간직하는, 스
스로 체득한 깨달음을 뜻함)을 가섭존자에게 전해줄 때 단 한마디
말도 하지 않았고 스님들은 묵언默言으로 참선하고 공부합니다.
말이 필요치 않은 가르침, 침묵으로도 충분한 불교, 그 침묵의
중요성을 알려주려고 말을 통한 법문을 해야 하니 참으로 아이
러니가 아닐 수 없습니다.

침묵으로 가르침을 주는 한 스님을 알고 있습니다. 손으로 가리
지 않고도 편안하게 바라볼 수 있는 달처럼 언제나 만날 수 있

는 그 스님은 항상 미소로 말을 대신합니다. 말을 하지 않아도 그 미소 속에 담겨 있는 의미는 너무도 깊은 것이고 말로 형언할 수 없는 아름다움을 간직하고 있습니다. 선방에서 면벽참선을 할 때도 조용히 내 마음에 한 번씩 찾아오시는 그 스님은 지금도 큰 힘으로 내게 남아 있습니다. 나는 침묵으로 충분하다고 생각합니다. 차라리 침묵하겠습니다. 자기가 아는 것에 대한 침묵은 결국 상대방을 위한 지극한 자비심이 있어야 가능합니다. 칭찬이나 비난을 초연한 자세로 유연하게 대처할 수 있어야 합니다. 부드럽다고 품거나 거칠다고 외면해서는 안 됩니다. 또한 삶의 목표가 입으로만 부르짖는 선善이 되어서는 안 됩니다. 무엇을 구하기 위한 선은 선을 가장한 위선일 뿐입니다.

선善에도 양陽과 음陰이 있습니다. 양은 밖으로 표출되는 것이고 햇볕에 드러난 이슬처럼 금방 사라져버리며 말을 함으로써 다 소멸됩니다. 애써 지어놓은 많은 복들을 입으로 다 날리는 셈입니다. 이제는 사람들도 느껴야 합니다. 말을 많이 함은 그릇이 작은 사람들의 전유물입니다. 많은 말은 나약하다는 증거입니다. 침묵은 내면에 큰 힘이 있음을 나타냅니다. 진정한 침묵을 배워보기 바랍니다.

개구리 울음소리

내가 출가했을 무렵은 가을을 지나 초겨울에 접어들 때였습니다. 어머니의 손을 잡고 천왕문을 들어섰을 때의 난감함이라니. 일주문을 지나자 사천왕의 커다란 눈빛이 머리털을 온통 곤두세웠습니다. 무서워서 말도 못하고 어머니의 옷깃을 끌며 재촉했던 나는 그렇게 절에 들어왔습니다. 낯설고 힘겨운 생활의 시작이었습니다.

깜깜한 밤이 되면 무서운 얼굴을 한 사천왕이 당장이라도 눈앞에 나타날 것 같아 잠을 잘 때도 행여 깰까 눈을 꼭 감곤 했습니다. 어스름한 새벽 지장전地藏殿(사후세계의 십대왕을 모신 건물)이나 산신각山神閣(불교가 한반도에 토착화되는 과정에서 수용된 산신을 모신 건물)을 지날 때면 촛불에 비친 염라대왕과 눈이 마주칠까 고개를 푹 숙이고 걸음을 재촉했습니다.

어린 마음을 두렵게 한 그 눈빛들은 아직도 가슴에 새겨져 지금도 가끔씩 생각납니다. 그러나 그런 두려움도 잠시, 얼마 지나지 않아 같은 또래의 사미들과 친해지면서 그곳이 내 집이라는 자부심이 생겼습니다. 낯선 환경에 적응하기엔 어린 나이가 오히려 도움이 되었던 것입니다

겨울이 깊어지자 군불도 지피고 나무도 해야 했습니다. 난생 처음 해보는 고된 노동이었지만 그런대로 참을 만했습니다. 오히려 어려웠던 것은 새벽에 일어나 은사스님께 경을 배우는 일이었습니다. 온통 한문으로 가득한 경을 배우는 것은 정말이지 고역이었습니다. 당연히 재미를 느끼지 못한 나는 학교 공부를 한다는 핑계로 열다섯 살이 되던 해 다른 절로 도망치고 말았습니다. 선배스님 한 분과 중 노릇을 하고 싶다는 대학생 한 명과 말입니다.

그 뒤론 대구와 대전, 서울의 절을 전전하며 떠돌아다녔습니다. 지금 생각해도 참으로 은사스님께 죄스러운 일입니다. 나를 거두어주신 은사스님을 잊고 그토록 떠돌아다녔으니 변명의 여지가 없습니다. 그렇게 떠돌이 생활을 하던 나는 결국 내가 출가했던 본사本寺 표충사로 되돌아갔습니다.

몰래 도망친 죄책감이 들었지만, 그래도 표충사는 떠돌이를 품어주는 고향처럼 포근하기만 했습니다.

나를 데리고 갔던 선배스님은 아직도 인연이 남아 가끔씩 만나곤 합니다. 물론 그때의 이야기가 나오면 웃음이 절로 나오곤 합니다. 힘든 공부를 함께 했던 추억과 표충사를 기억하게 하는 실마리가 바로 그 스님이기 때문입니다. 지금도 불현듯 생각나면 표충사를 찾지만 너무 많이 변해서 옛 맛이 많이 사라졌습니다. 천왕산과 재약산 그리고 물장구치고 놀던 냇가는 심각한 오염으로 옛 모습이 거의 남아 있지 않습니다. 맑은 물이 흐르던 계곡은 썩지도 않는 깡통들로 가득하고, 독경 소리 대신 관광객들의 음주가무飮酒歌舞로 가득한 산은 사람들의 흔적들로 고요함을 잃어버렸습니다.

절을 찾는 사람들이 절을 절답게 지켜주지 못한 탓입니다. 그러다 보니 불자들의 마음을 품어주던 질은 껍데기만 남은 집이 되어버렸습니다. 내 고향 표충사가 옛 모습을 조금씩 잃어가듯 우리의 고향도 변하고 있습니다.

어린 시절 물장구치며 가재 잡던 냇가는 생활하수로 넘쳐나고 무, 배추 심던 밭은 요란한 모텔들이 들어서고 있습니다.

개구리 울음소리 가득하던 논엔 커다란 창고가 들어섰고 고구
마 캐던 언덕엔 돈 많은 서울양반의 별장이 지어졌습니다. 아련
한 초가지붕, 저녁때 피어오르던 연기가 그리워 고향을 찾지만,
그 모습은 이제 민속촌에서나 볼 수 있는 전시물이 되었습니다.
우리의 옛 고향은 이제 꿈길에서나 볼 수 있습니다. 돌아갈 고
향을 잃어버린 현대인들은 돌아갈 부모를 잃은 아이처럼 불쌍
한 모습입니다. 그런 생각을 하면 참으로 서글픈 생각에 가슴이
답답해져 옵니다.
더 늦기 전에 마음속의 고향을 되찾아야겠습니다. 더 잊히기 전
에 우리의 고향을 되살려야겠습니다. 더 불행해지기 전에 우리
가 해야 할 일을 시작해야 하겠습니다.

부처를 닮은 사람들

부처상을 보고 있노라면 내 마음은 저절로 평온해집니다. 모든 것을 초연히 바라보는 은은한 미소 속에 한량없는 자비를 담고 있습니다. 처절하게 고통 받고 있는 모습이 아닌 대우주와 하나가 된 모습 그 자체입니다. 나도 부처의 모습을 닮고 싶습니다. 그 모습을 닮으려는 노력이 바로 수행입니다.

불자佛子인 나는 부처님의 아들입니다. 만약 아들이 아버지의 모습을 하나도 닮지 않는다면 큰 문제입니다. 어릴 때에는 아버지의 모습이 거인처럼 보입니다. 아버지처럼 넓고 평온한 가슴을 선망해 빨리 어른으로 자라겠다는 다짐을 합니다. 반면 아버지는 아이들이 세상에서 꼭 필요로 하는 기둥이 되어 한 가정을 책임지는 버팀목으로 성장하길 바랍니다.

부처도 마찬가지로 우리를 굽어보고 있습니다.

그러나 우리는 세상의 거친 물결과 싸우느라 부처의 눈길을 애써 피하려 합니다. 이것은 부처를 닮아가려 하기보다 그 반대쪽으로 달려가기 때문일 것입니다.

부처를 닮으려면 부처의 말씀을 따라야 합니다. 그러므로 부처와 경전은 같은 무게입니다. 그 경전들이 바로 나침반과 지도의 역할을 합니다. 그 길을 따라가다 보면 문득 어느 곳에서 부처와 하나가 됨을 느낄 것입니다. 그만큼 경전은 중요한 역할을 합니다. 그런데 사람들은 부처에게만 무게를 더해 예배만 하려고 합니다. 경전공부와 연구는 멀리합니다.

워낙 책을 잘 읽지 않는 현대인들이니 경전을 공부한다는 것은 어쩌면 어려운 일일지도 모릅니다. 하지만 경전은 한번 읽고 치우는 일반 서적과는 엄연히 구별되어야 합니다. 눈과 귀로 이해하기보다는 마음 저 밑에서 느껴야 하는 것이 바로 경전이기 때문입니다. 밤새워 가며 짜내는 소설이 아니라 진리 그 자체에서 흘러나오는 물줄기와 같은 것이 경전입니다. 그처럼 거침없는 경전은 우리들의 마음으로 읽어야 합니다. 그 속에 담긴 진리는 결코 육체의 눈으로는 볼 수 없기 때문입니다.

끝을 아는 사람은 그 무엇도 두렵지 않습니다. 그 두려움 없는 진리가 바로 경전에 숨어 있습니다. 그렇다고 세상 모든 사람들이 다 경전을 보라는 것은 아닙니다. 경전을 제대로 이해하고 느낀 사람을 가까이 하는 것도 한 방법입니다. 그런 사람이 전해주는 진리와 가치를 마음에 새겨두고 살아가는 것도 괜찮은 배움입니다. 이런 노력들이 바로 부처를 닮아가는 길입니다. 부처를 닮은 사람들이 늘어갈수록 세상은 더욱 아름다워집니다.

행복한 겨울을 위한
가을의 상념

가을이 무르익었습니다. 빨강, 노랑, 파랑이 어우러진 하늘엔 흰 구름들이 어우러져 장관을 이루고 있습니다. 알록달록 색동 옷을 입은 산야의 모습은 마치 부처의 모습처럼 다가옵니다. 맑은 하늘 아래 산은 붉게 타오르고 살며시 불어오는 바람은 상큼합니다. 역마살 있는 스님들은 걸망 하나 메고 나설 채비를 하고 있을 듯합니다. 참으로 마음 풍족한 가을입니다. 가을은 겨울을 준비하는 계절이기에 들판에 가득한 여유로움은 우리를 느긋하게 합니다.

이 가을, 나는 깊은 사색에 잠깁니다. 선방에서 참선할 때면 어느 날 갑자기 앞산에 가을이 찾아오곤 했는데 지금 신도시 아파트 숲 속에서는 가을을 기다려야만 합니다. 그렇게 기다리던 가을, 이 가을을 우리는 어떻게 느끼고 있습니까?

그저 가을을 구경하는 관객일 뿐이라는 생각이 듭니다.

풍물패와 같이 흥이 나서 가을과 함께 춤추는 것이 아니라 먼 산을 바라보며 감탄만 하는 관람객…. 이 가을 간편한 산행이라도 한다면 자연과 더불어 상쾌한 호흡을 할 수 있을 것입니다.

부처의 가르침도 그와 같습니다. 사람들은 멀리서 아름답다고 느끼기만 할 뿐 가까이 다가서기를 두려워합니다. 자기들은 업장이 두터운 중생이고 속인이니 참선과 경전공부처럼 어려운 공부는 스님들이나 하는 것이라고 단정 짓습니다. 그러나 그렇지 않습니다. 밥은 자기가 먹어야 배가 부른 것처럼 남의 돈을 아무리 헤아려도 자기에게는 소용이 없습니다. 스스로 부처의 가르침 안에 들어가 사색에 잠겨야 합니다.

신의 삶을 돌아보기에 가장 알맞은 가을, 지금껏 바쁘게 살아오느라 마음의 공부를 해보지 못한 사람들은 이번 기회에 큰마음 내서 가을을 만끽해보시기 바랍니다.

고즈넉한 산사에서 풍경 소리와 더불어 조용히 염불하는 것도 좋지만 벤치 그늘에 앉아 한가하게 명상하는 일도 좋겠습니다. 잃어버렸던 어릴 적 이상들을 먼지 쌓인 기억의 갈피에서 꺼내 깨끗하게 정리해보는 것입니다.

그렇게 이 가을을 보내며 겨울을 준비합니다. 좀 더 행복한 겨
울을 위해서 말입니다.

등을 다는 이유

부처님 오신 날을 맞이하여 거리에 등燈을 달았습니다. 지혜의 등불을 켜기 위해 달아놓은 등이 바람에 나부끼는 모습은 정말 아름답기만 합니다. 두 달 전부터 많은 불자들이 정성으로 등을 만든 덕분입니다.

소원성취를 기원하여 밝히는 등은 모두 손으로 직접 만들기 때문에 노력이 많이 드는 운력運力입니다. 모든 사람들이 등 운력에 동원되어 땀 흘리는 모습이 마치 축제를 기다리는 리허설 같습니다.

가슴 설레는 축제, 부처님 오신 날의 축제는 모두를 위한 행사이기에, 싫어하고 질투하며 원수같이 지내던 사람들과 만나서 화해하기에 알맞은 날입니다. 증오와 갈등의 대상이었던 이들과 하나가 되는 축제입니다. 그러므로 우리는 등불을 밝힙니다.

자기 자신과 가족들을 위해 기도하던 사람들이 모든 사람들의 행복을 비는 등을 답니다. 모든 사람들을 위해 밝히는 감사의 등, 미운 사람과 화합하는 화해의 등을 밝히는 것입니다. 이는 세상의 이웃들과 더불어 살아가자는 뜻입니다.

사랑하는 사람과 헤어지는 것이나 미운 사람과 만나는 것은 모두 같은 고통입니다. 이런 고통을 제거하고자 지혜의 등을 켭니다. 자신만을 위한 등이 아니라 모든 이웃을 위한 정성이 지금 거리에서 나부끼고 있는 것입니다. 지극한 정성이 담긴 등이라면 그 어떤 모습이라도 상관없습니다.

가난하고 초라하게 보일지라도 그 등불은 꺼지지 않습니다. 세상을 감싸 안는 사랑과 자비의 마음이 가득한 등불은 결코 종말이 없습니다. 그 등불은 우리의 마음과 함께 늘 세상에 존재하기 때문입니다.

통도사의
하룻밤

통도사의 고즈넉한 하룻밤은 오랜만에 맛보는 달콤함이었습니다. 어두운 밤 자락을 타고 어른거리는 전각들의 곡선은 아파트촌에서는 도저히 찾아볼 수 없는 풍경입니다. 들려오는 풍경소리의 넉넉함은 자연스레 미소 짓는 여유를 안겨주었습니다. 아름다운 음악 같은 바람은 속세의 때를 한 꺼풀 씻어주며 지나가고, 스님들의 경 읽는 소리가 낭랑한 화음으로 다가와 지금이 하안거 결제 기간임을 알려주고 있었습니다.

포교원을 핑계로 공부를 뒷전에 둔 내가 한심하다는 생각이 들어 잠시 큰절에 눌러앉고 싶은 마음이 들었습니다. 공양간에서라도 일하면서 큰스님들 보필하며 그곳에 살고 싶었습니다.

죽비 소리를 벗 삼아 공부하던 때가 생각납니다. 부러운 것도 두려운 것도 없는 시절이었습니다. 부처가 되는 것이 바로 눈앞에 있는 듯했기 때문입니다. 조금만 더 열심히 하면 금방 잡을 수 있을 것만 같았습니다. 하지만 그것은 결코 쉬운 일은 아니었습니다.

지금 생각해보면 그때가 가장 아름다운 시절이었습니다. 앞으로 그 시절의 마음으로 공부하며 살아야겠다는 다짐을 해봅니다. 그러한 모습들이 수행자로서의 자세이자 내가 가야 할 길이기 때문입니다. 그러기에 통도사는 내가 꼭 돌아가야 할 곳입니다. 그때까지 기다려줄 것을 알고 있기에 마음이 편안합니다. 많은 스님들이 자신을 채찍질하며 마음을 키워 가는 곳, 그곳이 바로 통도사입니다. 그곳은 너무도 포근하고 아늑한 곳입니다. 삭발하고 먹물 옷 입은 사람끼리 사는 것이 포근한 까닭은 목표가 같고 이상이 같기 때문입니다. 서로를 이해하면 편안함을 느끼는 것입니다.

멀리서 목탁 소리가 들려옵니다. 어둠을 몰아내는 목탁 소리가 가까이 옵니다. 아직도 어두운 새벽 공기를 가르며 울려 퍼지는 스님들의 예불이 아침을 재촉하고 있습니다. 웅장하게 울리는 스님들의 염불 소리가 환희의 전율로 온몸을 감싸옵니다.

차츰 또렷이 보이기 시작하는 전각들 사이로 아침 바람이 시원

합니다. 그곳에 살 때는 몰랐는데 도시 포교원에 살다가 돌아온 통도사의 하룻밤은 오랜만에 맛보는 감로수였습니다. 내 몸 속에 에너지가 충전된 느낌이 전해져 옵니다.

모든 사람들의 행복과 평화를 위해 쓰일 에너지가 가슴 가득 채워졌습니다.

떠나고 싶은
마음

장마가 끝나자마자 찾아온 여름, 이렇게 무더운 여름날은 바다가 보이는 산속에서 살고 싶습니다. 바닷가 모기가 독하기는 하지만 찌는 듯한 포교원보다는 참을 만하겠지요. 짙푸른 바다와 하늘이 맞닿은 수평선을 바라보면 저절로 화두를 찾을 것만 같습니다. 높다란 바위에 가부좌를 틀고 앉아 세상의 잡다한 번뇌를 끊어버리고 화두를 이어가다 보면 덥다는 것도 잊어버립니다. 그것이야말로 공부하는 사람의 유일한 즐거움이니까요.

시원하게 흐르는 냇물소리를 들으며 어느 바위틈 동굴 속에 앉아 있어도 참으로 행복하게 살아갈 수 있을 것 같습니다. 그림 같은 바다, 청량한 냇가의 숲, 모두가 한가하게 느껴집니다. 하지만 쉽게 떠나지 못합니다. 그런 곳에서는 공부가 저절로 될 것 같은데도 말입니다.

공부는 억지로 하는 것이 아니라 자연스럽게 해야 합니다. 산에 살다보면 바다에 살고 싶고, 바닷가에 있으면 조용한 산속이 그리운 것은 타고난 역마살 습성일 겁니다. 그래서 그렇게 떠돌아 다니며 살았습니다. 지금은 방랑자의 모습을 지워버리고 포교 원에 와서 살고 있습니다. 이곳에 산 지 3년이 넘었지만 20년이나 산속에서 살며 키워온 야성을 지워버리기란 참으로 어려워 지금도 문득문득 떠나고 싶은 충동을 가라앉히곤 합니다.

흔적을 남기지 않고 날아가는 새처럼 깨끗한 모습으로 티끌 하나 없는 무소유의 행을 하고 싶습니다. 그런 행을 닦는 사람이 수행자니까요. 그래서 여름에는 떠나고 싶은 마음이 생깁니다. 하지만 신심으로 기도하는 많은 불자들의 마음을 흔들어놓을까 저어되어 조심스럽기만 합니다.

모두들 떠나는 휴가도 마다한 채 법당에서 땀 흘리며 정진하는 신도들을 보며, 마음을 고쳐 잡고 싸놓았던 바랑도 풀어놓습니다. 그러면서 인내를 배웁니다. 이런 인내가 더 보태져서 여름을 이겨내면 곧이어 백중이 다가오겠지요.

떠나고 싶은 마음을 가라앉히고 찬물에 발 담그고 열정을 식히면서 자기 자신의 모난 곳을 다듬어 갈 요량입니다.

여름 안거 동안 에너지를 충전해가며 자기 수양을 향해 나아가는 것입니다.

산속으로 떠나고픈 수행자의 본능을 인내의 땀으로 다스리고자 합니다. 고향 같은 산속으로 자유롭게 떠나고 싶어 하는 마음을 기도로 인내합니다.

더위를 참으며 야성을 억누르는 이유는 간단합니다. 내게는 갈 길을 찾지 못해 방황하는 수많은 생명들이 곁에 있기 때문입니다.

아직도 화두를 붙잡고 어둠을 헤매는 많은 사람이 남아 있기 때문입니다. 그들을 살펴야 하는 것이 나의 소임이기 때문입니다.

지혜로운
사람

차분히 고향으로 귀향해서 한가위 차례를 지내야 할 아침에 광신도 한 가족이 차 속에서 기름을 부어 분신자살을 했다고 합니다. 순교라는 그럴 듯한 이름을 붙이고 죽었는지는 몰라도 그것은 분명히 자신과 가족을 죽인 살인 행위입니다.

살인은 그 어떤 상황에서도 정당화되지 못합니다. 또한 모든 종교에서는 자살을 죄악으로 단언하고 있습니다. 그런 죄악을 저지른 사람은 절대로 구원받지 못합니다.

종교는 사람들의 더 윤택한 생활을 위해서, 정신석인 풍요를 위해 필요한 것인데 어떤 사람들은 종교에 얽매여 그 속에서 고통을 받는 경우가 있습니다.

종교란 때 묻은 영혼을 깨끗하게 세탁하는 기능을 가져야 하는데 일부 종교단체에서는 사람들의 불안한 심리를 이용해 교세를 확장하는 데 정신이 팔려 있습니다. 우리는 어떤 안목을 가지고 살아갑니까?

신념과 확신 그리고 깊은 이해에서 나온 바른 가르침을 믿는 것을 정신正信이라 합니다. 하지만 어리석게도 자신과 가정을 파괴하는 미신迷信을 숭앙하고 나중에는 사교집단에 빠져서 헤어나지 못하는 사람들도 있습니다. 그것은 잘못된 믿음인 동시에 맹목적인 믿음이기에 가장 경계해야 할 부분입니다.

지혜롭지 못한 어리석은 중생들은 사이비 종교인의 말에 현혹되어 현세에 대한 삶을 포기하고 한 가정을 파멸로 이끌어갑니다.

종교가 인간의 삶을 더 지혜롭게, 삶의 가치를 향상시키는 순기능보다 교세확장을 위해서 타종교를 비방하고 파괴하며 자신들이 주장하는 것만이 옳다고 여기는 역기능에 집착할 때 사회는 혼탁해집니다.

집단 이기주의의 광신자들이 주장하는 정의는 무엇일까요? 자기들끼리만 누리는 행복이 천국의 행복입니까? 세상은 여러 인종과 많은 사상이 나름대로의 가치관을 가지고 존재합니다. 그런 다양성과 가치관을 존중해주어야 합니다.

올바른 종교는 존중을 받아야 하지만 자살을 가장한 살인까지 용납되지는 않습니다.

종교인들은 사람들이 좀 더 순수해지기를 갈망하고 사람들을 그러한 곳으로 이끌어야 할 책임이 있습니다. 신도들은 지나온 날들을 뒤돌아보며 앞으로 살아갈 길을 살펴야 합니다. 잘못된 길을 걸어왔고 지금 서 있는 자리가 끝없는 미로라고 생각된다면 미련 없이 처음으로 돌아가야 합니다. 세상을 바르게 바라보고 바르게 살아갈 수 있는 정견正見이 필요합니다. 그것이 바로 지혜입니다.

어리석지만 않다면 그 사람은 지혜로운 사람입니다. 어리석은 사람들의 자살행위, 그것은 바로 지혜롭지 못한 마음이 낳은 참극이었습니다.

어릴 적에 출가해 지금껏 절에서 살고 있습니다. 머리 깎고, 먹물 옷 입고, 나물밥 먹고 사는 것이 스님의 삶이고 어렵고 어려운 부처님 법을 공부하는 것이 출가한 사람들의 본분이라 여기고 열심히 정진했습니다. 면벽 수행도 했고 토굴에서 8년 동안 수행도 해보았습니다. 그리고 인연이 닿아 포교당에 와서 포교나 염불이 수행과 다름 아니라고 생각하며 살아가고 있습니다. 그러나 절에서 37년을 보내고 나니 머리 깎고 사는 것만이 출가가 아니란 것을 알았습니다. 그런 것은 외형적인 모습에 지나지 않습니다.

지금껏 살아오며 마음으로 지어놓은 아집과 자존심, 그리고 쌓아올린 수행이 무너질까 전전긍긍하는 집착에서 벗어나는 것이야말로 진정한 출가라는 사실을 이제야 알았습니다.

며칠만 수염을 깎지 않아도 어디 불편한 게 아닌가 걱정하시는 노보살님들을 위해서 항상 깨끗한 모습을 보이려고 노력하지만, 때로는 그것들이 제약으로 느껴져 토굴에서 정진하던 때로 돌아가고 싶은 마음이 문득문득 솟아납니다.

'내 겉모습이 어떻게 보일까', 혹은 '신도들이 나를 어떻게 생각할까' 하는 조바심으로 살아온 날이 나를 지탱해주는 중심축이었지만, 그런 얽매임에서도 자유로워야 진정한 출가이기 때문입니다.

도심 포교당은 그 특수성 때문에 산사에서의 수행과는 달리 이곳저곳 마음 쓰이는 곳이 많습니다. 그렇지만 그런 것에 집착해서는 안 됩니다. 출가한 사람들에게는 편견도, 오해도 무의미하기 때문입니다. 부처를 믿는 신도들도 모두가 부처로 보입니다. 부처와 더불어 살아가는 모든 사람은 부처일 뿐입니다.

어릴 적 출가한 공덕이 과거 생에서부터 이어온 인연인 것처럼, 다음 생에서 이어질 공덕은 현생에서 신도들과 쌓아올린 인연일 것입니다. 그것을 깨닫고 살아야 진정한 출가입니다.

아름다운 향기만 남을 때까지

글. 현원스님
그림. 김은주

초판 1쇄 인쇄. 2013년 11월 20일
초판 1쇄 발행. 2013년 12월 1일

펴낸이. 김윤희
디자인. 김지영
펴낸곳. 맑은소리 맑은나라
출판등록. 2000년 7월 10일 제 02-01-295 호
주소. 부산광역시 중구 대청로 126번길 18 동광빌딩 201호
전화. 051) 255-0263
팩스. 051) 255-0953
전자우편. puremind-ms@daum.net

값 12,000원
ISBN 978-89-94782-16-4   03810